KB253099

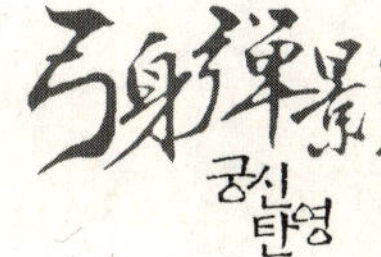

弓身彈影
궁신탄영

김석진 新무협 판타지 소설

FANTASTIC ORIENTAL HEROES

궁신탄영 1

김석진 新무협 판타지 소설

초판 1쇄 찍은 날 § 2011년 8월 29일
초판 1쇄 펴낸 날 § 2011년 9월 5일

지은이 § 김석진
펴낸이 § 서경석

편집부장 § 권태완
편집책임 § 주소영

펴낸곳 § 도서출판 청어람
등록번호 § 제1081-1-89호
등록일자 § 1999. 5. 31
어람번호 § 제2-2142호

주소 § 경기도 부천시 원미구 심곡2동 163-2 서경B/D 3F (우) 420-822
전화 § 032-656-4452 팩스 § 032-656-4453
http://www.chungeoram.com
E-mail § chungeoram@chungeoram.com

ⓒ 김석진, 2011

ISBN 978-89-251-2609-8 04810
ISBN 978-89-251-2608-1 (세트)

김져진 新무협 판타지 소설

1

FANTASTIC ORIENTAL HEROES

궁신탄영

弓身彈影

도서출판 청어람

目次

작가의 말   6

제1장   마지막에는 모든 것이 좋아질 것이다   9

제2장   백 개의 보법을 깨뜨려라!   39

제3장   전설의 이름, 궁신탄영(弓身彈影)!   71

제4장   일인자와 이인자   101

제5장   또 하나의 인연   129

제6장   강요당한 진실   155

제7장   그리고 쇠사슬 부딪치는 소리가 들렸다   187

제8장   소지삼보   213

제9장   가정으로의 진실   247

제10장   드러난 진실   279

작가의 말

안녕하세요, 김석진입니다.

네 번째의 글로 독자 여러분을 찾아뵙네요.

삼류무사의 추삼이로 시작해서 이인세가의 운예소와 염왕진무의 진무까지. 햇수로 11년간 저와 함께한 동료들의 정겨운 이름들입니다.

이제… 무영이라는 이름이 추가되겠네요.

궁신탄영.

칠 년 전에 삼류무사를 쓰다가 문득 떠올라서 덩그러니 올려든 서장에 과분한 조회수와 댓글이 달려서 얼른 지워 버렸던 기억이 새롭습니다.

삼류무사를 쓰는 것만 해도 벅찼던 저로서는 두 개를 동시에 진행한다는 것은 불가능했기 때문입니다.

그렇게 칠 년, 써야지, 써야지, 하면서 미루어두었던 궁신탄영을 이제야 여러분께 선보입니다.

무영, 지금까지의 자유분방했던 친구들과 달리 아픔이 많은 친구입니다. 업을 짊어진 최초의 주인공이지요.

그래서 다른 친구들보다 덜 웃고, 덜 울지도 모릅니다.

조금은 단단한 놈이거든요.

하지만 여린 구석도 있고, 누구보다 따뜻한 가슴과 열정을 지닌 친구입니다. 가야 할 길은 멀고 험난하지만 여러분이 함께해 주신다면 무영이도 더욱 힘을 내서 달리겠지요.

무영의 행보를 지켜봐 주세요.

감사합니다.

늦여름의 끝자락에 김석진.

第一章
마지막에는 모든 것이 좋아질 것이다

언제부터였을까, 소년의 발에 쇠사슬이 채워진 것이.

삼 장 길이의 묵직한 쇠사슬. 그만큼의 반경으로 이루어진 공간.

…그것이 소년의 세상이었다.

소년은 꿈을 꾸었다. 그 꿈은 청년이 되고서도 여전했다. 아니, 시간이 흐를수록 더욱 또렷해졌고 종국에는 명확한 윤곽을 그릴 수 있게 되었다.

하지만 그것은 말 그대로 꿈일 뿐이다. 소망보다도 못한, 그래서 영원히 미완성으로 남을 확률이 높은 그런 바람.

청년이 되었지만 달라진 건 없었다.

아무것도.

"헉! 헉! 헉!"

철커덩— 철커덩—

청년은 달린다. 자신의 몸무게보다 몇 곱절 무거운 쇠사슬을 끌면서. 폐부가 터지고 숨이 턱까지 차오를 때까지 달린다. 언제부터 달렸는지 모르고, 언제까지 달려야 할지도 모른다.

그저 달리고 또 달릴 뿐이다.

반경 삼 장 안의 대지에서.

"크어어억!"

나무로 만든 목인이라도 이음새가 끊어질 정도로 격렬하게 달리고 나서야 청년은 주저앉았다.

"저, 적당히 하시지요! 이러다 몸 상하십니다!"

자신의 키만큼이나 커다란 빗자루를 든 노인이 달려나와 청년을 부축했다.

"오늘만 날이 아니지 않습니까? 제발 좀 쉬라고요!"

얼굴을 뒤덮은 주름만큼이나 갈라진 목소리로 자신을 염려하는 노인을 보며 청년이 희미한 미소를 지었다.

'소노도 예전에는 달랐겠지.'

누추한 모습으로 매일 비질이나 하고 자신의 수발을 들어주면서 잔소리나 늘어놓는 것이 전부인 그에게도 한때는 빛나는 시절이 있었을 것이다.

선천적인 불구는 아니었다고 했으니 대나무처럼 꼿꼿한 허리로 세상을 마주했을 테고, 그만큼 강단있는 시선으로 세상을 상대했을 것이다.

무엇이든 이루어낼 수 있다는 자신감과 그것을 감당할 근력, 그리고 패기로서 타인과 조우하며 웃고, 울고, 떠들고, 때로는 싸우기도 했을 것이다.

초라한 말년일지라도 추억할 수 있는, 그런 아름다운 과거를 지닌 이라면 나름대로 훌륭한 인생이 아니었을까?

'그렇다면 나는……'

반경 삼 장의 인생.

반경 삼 장의 풍경에서 바라본 세상만으로 만들어낼 수 있는 추억은 없다.

그렇게 변변한 추억거리 하나 없이 나이를 먹다 언젠가는 저 노인처럼 하루 종일을 비질로 소일하는 인생을 맞이할지도 모른다.

그건 최악이다.

'아니야. 마지막에는 모든 것이 좋아지겠지. 또한……'

좋아지지 않았다면 아직 마지막이 아니다!

불끈 힘을 주며 청년이 일어섰다.

"허억, 헉! 아, 아니, 아직 멀었어요. 아직, 헉헉, 끝내지 못했다고요."

"그, 그래도……."

"끄으응… 헉! 오늘, 오늘 중에 마쳐야만 해요."

지면을 밀며 일어선 청년이 다시 달리기 시작하자 노인의 눈가에 눈물이 주렁주렁 맺혔다.

'아이고, 공자님.'

힘이 빠졌을까. 얼마 달리지 못하고 청년이 다시 쓰러졌지만 노인은 감히 나서지 못하고 바라만 보았다.

"헉, 헉, 생각, 생각처럼 안 되네."

그의 몸은 땀과 먼지로 뒤범벅이 되어 무척이나 추레한 모양새였지만 눈빛만큼은 여전했다.

"그러니까 잠시 쉬시라니까요?"

"허억, 헉! 쉴 시간 없다는 거… 소노도 잘 알잖아요."

빗자루 노인[掃老], 소노의 애원에도 청년은 쉬고 싶은 마음이 전혀 없었다. 그의 말대로 쉴 시간 따윈 존재하지 않았기에.

"소노."

아무렇게나 나뒹굴던 책자를 집어 들며 청년이 노인을 불렀다.

"예, 공자님."

“후후, 나라는 놈은 타고난 바보인가 봐요.”

청년의 웃음, 그것은 가을 낙엽보다도 건조했다.

“공자님이 바보라니, 그 무슨 소리입니까!”

풍취산보(風醉山步)라고 적힌 책자에는 보법의 해설과 함께 인체의 움직임이 묘사되어 있었지만 청년은 그것을 온전히 소화하지 못한 상태였다.

“바보지요. 후우― 이까짓 보법 하나에 벌써 열하루라는 시간을 허비하고 있으니까.”

푸념 섞인 청년의 말에 소노가 펄펄 뛰었다.

“지금 공자께서 파훼하려는 보법이 뭔지 아시면서 이까짓 보법이라고 하십니까? 칠가와 더불어 무림을 양분하는 육문(六門) 가운데에서 보법 하나로 수많은 고수들을 굴복시킨다는 형산파의 풍취산이라고요!”

보법을 파훼한다? 그래서 청년이 그렇게 달렸던 것인가?

“일정 경지에 이르면 옷깃 스치는 소리도 없이 상대방의 배후를 점유한다는 환상의 보법이 바로 풍취산입니다! 그런 보법을 이까짓이라고 치부하신다면 강호 동도들이 땅을 칠 일입니다!”

풍취산은 노인의 설명보다도 뛰어난 보법이다. 바람에 취해 흩어진다는 이름처럼 발동과 함께 팔방을 점하면서 상대를 무력화시킨다 하여 일명 팔방풍취(八方風醉)라고도 불리는 전설의 몸 가눔이 바로 풍취산이다.

물론 형산 보법의 최고를 논한다면 사람들은 풍취산이 아니라 축운표부(逐雲漂浮)를 꼽는다.

팔선 가운데 유일한 여성인 하선고가 구름을 밟으며 노니는 모습을 형상화한 축운표부는 능히 형산제일보법이자 강호상에서도 열 손가락 안에 드는 보법이지만, 풍취산도 그에 못지않은 현묘를 지닌 보법이라는 걸 무림인이라면 누구나 알고 있는 터.

강호 삼십대보법에 당당히 이름을 올리는 풍취산. 그것을 약관이 갓 넘은 청년이 파훼하려고 하는 것이다.

"이십 년 전, 천하를 종횡하던 무불천객도 당해내지 못했던 풍취산보인데 겨우 열하루 가지고……."

땅을 치며 소노가 열변을 토했지만 청년의 눈빛은 잿빛으로 물들어갔다.

아직은, 아직은 마지막이 아니야.

"다, 다시!"

억지로 몸을 일으킨 청년이 다시 움직임을 보였지만 그는 곧 고꾸라져야만 했다.

"공자님!"

"허억, 헉! 오, 오지 말아요!"

공식처럼 또 엎어졌으나 청년의 얼굴엔 전과 다른 무엇이 배어 있었다.

'이, 이… 것이었나?

손을 내저으며 몸을 일으킨 청년이 숨을 크게 들이켜고 비틀비틀 신형을 옮기자 거짓말 같은 일이 벌어지기 시작했다.

휘르릉─

그저 허우적거리는 움직임이었는데 어느 순간부터 그의 몸은 바람에 흘러가듯 유려하게 돌아다녔다.

그리고 한순간,

파라락!

북의 방위를 밟았다 싶었는데 그 상태 그대로 청년의 신형은 동북에서 솟아났다.

"이, 이런 일이!"

기경할 광경을 목격한 소노의 입에서 탄성이 터져 나왔지만 청년의 진정한 움직임은 이제부터였다.

파박!

동북에서 생겨났던 청년의 몸은 서쪽 방위를 지나쳐 서북에서, 그리고 남쪽을 지나 서남, 아니, 팔방 전역을 점유하다스러지듯 흩어져 버렸다.

역팔방풍취!

털썩 주저앉은 소노가 입을 떠억 벌리고 청년을 가리키다 벌떡 일어나서 그에게 달려들었다.

"고, 공자님! 마침내 이루어내셨군요! 몇날 며칠을 그리 고심하시더니만, 어허허헝!"

하지만 청년의 표정은 과히 좋지 않았다. 뭔가 미진한, 그래서 진한 아쉬움이 묻어나는 눈망울로 그는 역팔방풍취를 밟을 때의 자신을 반추했다.

'북에서 동북, 그리고 동북에서 서쪽까지는 괜찮았어. 하지만 남쪽으로의 이동이 문제야. 어정쩡한 거리, 비틀린 방위가 보법의 유연함을 억누르고 있어. 하아, 여기까지가 나의 한계란 말인가.'

청년의 눈동자가 잿빛으로 젖어드는데 묵직한 음성이 그의 상념을 깨뜨려 버렸다.

"주저앉아 노는 걸 보니 일은 끝마쳤다는 것이렷다?"

나지막하나 거역하기 어려운 힘이 담긴 목소리. 음성의 주인공은 일군의 무리를 이끌고 나타난 사십대 후반의 중년인이었는데, 얼핏 보면 청수한 학사 같은 인상이지만 전신에서 뻗어 나오는 패기는 상상 이상의 것이었다.

"오, 오셨습니까?"

황급히 일어서며 청년이 포권을 올렸지만 중년인은 이를 무시하고 빙글 몸을 돌렸다.

"약조한 열흘이 어제였다는 건 알고 있겠지?"

청년이 고개를 끄덕이자 중년인이 턱을 슬며시 치켜 올렸다.

놀랍도록 닮은 얼굴. 청년과 중년인의 용모는 대단히 흡사해서 부자지간이라고 해도 믿을 정도였으나 두 사람이 연출하는 분위기로 보아 그런 사이는 아닌 듯했다.

"그럼 풍취산보를 파훼했겠구나?"

"아, 아직……."

"아직… 이라?"

쿠르릉!

중년인의 눈이 매처럼 빛나자 무형의 기운이 청년에게 들이닥쳤다.

"커흑!"

감히 기세를 받아내지 못한 청년이 가슴을 부여잡으며 무릎을 꿇었지만 중년인은 미동도 하지 않은 상태였다.

어기상인(御氣傷人)이라고 했다.

공력을 전혀 일으키지 않은 상태에서 내기를 올리는 것만으로 상대방에게 상해를 가하는 경지가 바로 그것인데, 말로 풀면 쉽지만 이러한 공부를 이룬 무인은 강호에서도 손을 꼽을 정도다.

대체 중년인은 누구일까?

그렇다. 중년인은 육문(六門)과 더불어 현 무림을 양분하고 있는 일곱 가문[七家] 가운데 두 번째 가문인 벽씨세가의 가주 벽승악(壁承岳)이었다.

하면 사리분별이 정확하고 인의를 중시한다고 하여 관후대협(寬厚大俠)이라 칭송받는 벽승악이 강호의 소문과는 다르게 이름 모를 청년을 쇠사슬에 묶어서 사육한다는 말인가?

"하루를 더 주었는데도 아직이라는 말이 나온다?"

벽승악의 음성이 시리도록 차가워지자 청년이 다급하게 입을 열었다.

"풍취산의 원리를 알았으니 조금만, 조금만 시간을 더 주신다면 깨뜨릴 수 있습니다, 숙부님. 헉!"

마지막 말을 뱉고 깜짝 놀란 청년이 급하게 입을 닫았지만 이미 엎질러진 물이었다.

"더러운 그 입으로……."

한 걸음 나선 벽승악이 눈을 반쯤 감으며 청년의 배를 걸어찼다.

퍼억!

"숙부라는 말을 담지 말라고 일렀거늘."

"잘못, 잘못했습니다! 용서를!"

청년의 호소에도 벽승악은 무표정한 얼굴로 바닥을 기는 그의 옆구리에 다시 발을 박아 넣었다.

퍽!

"크헉!"

창자가 끊어질 것만 같은 고통에 청년의 입이 저절로 벌어지자 벽승악이 무미건조한 음성으로 중얼거렸다.

"너는 개다. 아니, 개한테 미안하군. 그래, 넌 쓰레기다. 아무짝에도 쓸모없는 쓰레기."

퍼억!

"크허헉!"

“그런 너에게도 아비라는 존재가 있었지. 쓰레기 같은 자식만큼이나 형편없었던 아비.”

고통을 이기지 못하고 데굴데굴 구르는 청년을 무심하게 보며 다시 발을 내지른 벽승악이 담담하게 말을 이었다.

“열등감에 사로잡혀 평생을 내 눈치나 보다 결국에는 우리 벽씨세가를 욕보인 네 아비. 어떻게 너희 부자는 이리도 한심한 인생이란 말이더냐?”

퍼억!

너무 고통스러우면 비명조차 낼 수 없는 걸까. 마지막 일격에 청년이 그저 꿈틀거리기만 하자 벽승악이 나지막한 음성으로 명했다.

“일어서라.”

벌레처럼 바닥을 기던 청년이 몸을 일으키기 위해 버둥거리자 벽승악이 싸늘한 미소를 머금었다.

“어서 일어서라. 나는 너처럼 한가한 사람이 아니다.”

“후욱, 후욱……..”

가까스로 땅을 밀며 청년이 몸을 세웠지만 그의 몸은 땀과 흙먼지로 범벅되어 흉물스러울 지경이었다.

“보기 싫군. 얼른 끝내자.”

고개를 저으며 벽승악이 손을 내밀자 무리에서 예쁘장한 소녀가 모습을 드러냈다.

“아버님, 굳이 진검을……..”

십칠 세 정도의 소녀가 커다란 눈망울을 굴리며 조심스레 입을 열었다. 그녀는 벽승악의 무남독녀인 벽산산(壁珊珊)이었는데, 심성이 여리고 따뜻한 성품이라 세가의 사랑을 한 몸에 받는 소녀였다.

눈물이 그렁그렁한 눈으로 사정을 하던 벽산산이 벽승악의 엄한 표정에 말문을 닫았다. 지금의 벽승악은 죽은 부인이 되살아나 부탁을 한다고 해도 듣지 않으리라는 걸 잘 알고 있기에.

"여기……."

결국 벽산산이 칼을 건네자 털어내듯 칼집에서 칼을 빼 든 벽승악이 청년의 앞에 섰다.

"원리를 알았다면 파훼는 기본이겠군."

"하지만 아직 생각을 정리하지 못……."

"시작하자."

청년의 말을 자른 벽승악이 칼을 겨누며 속삭이듯 중얼거렸다.

"단 하나의 변화 없이 풍취산보 그대로를 밟을 것이다. 물론 공격을 하겠지만 풍취산을 파훼한다면 이 칼은 너를 스치지도 못할 터. 그러나 풍취산을 깨뜨리지 못한다면……."

잘 갈려서 태양빛을 그대로 반사하는 칼날처럼 섬뜩한 울림으로 벽승악이 말을 맺었다.

"…오늘 너는 죽는다."

　모골이 송연한 내용의 말을 너무도 태연하게 뱉은 벽승악이 풍취산에 따라 동쪽의 방위를 밟아나갔다.
　꿀꺽―
　목울대가 출렁일 정도로 마른침을 삼킨 청년이 벽승악의 움직임을 확인하면서 역팔방풍취산을 전개해 나가자 장내에는 제법 그럴듯한 광경이 연출되었다.
　파라락―
　흥이 일었을까?
　다소 느리게 움직이던 벽승악이 잡아 빼듯 몸을 솟구치자 그의 신형은 바람에 흩어지는 안개처럼 희뿌옇게 변해갔다.
　'이제 시작이다!'
　청년의 생각처럼 지금까지 벽승악의 풍취산은 방위를 확인하는 수준에 머물렀던 것. 바람에 취해 흩어진다는 이름처럼 발동과 함께 팔방을 점하면서 상대를 무력화시키는 풍취산의 진정한 면모는 이제부터다.
　스르륵!
　돌돌 말렸던 비단이 한꺼번에 펴지는 착각이 들 정도로 유연하게 방위를 점하던 벽승악이 돌연 몸을 틀며 청년에게로 쇄도해 들어왔다.
　파박!
　이에 질세라 청년도 바삐 움직이며 공격을 피했는데, 바람과도 같이 자유로우면서도 칼날처럼 날카로운 벽승악의 보법을 겨우겨우 비껴내는 형편이라 보는 이들로 하여금 손에 땀을 쥐게 했다.

"아아, 아버님의 공격은 이제부터인데 오라버니의 발은 한계인가 봐요."

벽산산이 두 손을 모으며 발을 동동 구르는데 그녀의 어깨를 살포시 감싸 쥐는 손이 하나 있었다.

백옥처럼 하얀 손의 주인공은 삼단 같은 머리를 늘어뜨린 미녀였는데, 강단있는 눈망울과 단정한 옷맵시로 보아 여염집 처자는 아닌 듯했다.

"공자님은 이번 관문도 넘으실 테니 걱정하지 마."

여인의 단언에 벽산산이 커다란 눈망울을 빛내며 고개를 들었다.

"그렇겠죠, 언니?"

"물론이야. 저런 시련에 굴복할 분이 아니라는 건 산 매도 잘 알잖아."

단정하지만 자신감 넘치는 음성으로 여인이 단언하자 벽산산이 다시 장내로 눈을 돌렸다.

'언제나처럼 오늘도 보란 듯이 극복하실 거죠? 그렇죠, 오라버니?'

두 여인의 바람과 달리 청년의 처지는 그다지 좋지 않았다.

아니, 최악으로 치닫고 있었다.

'크흑. 풍취산에 이런 효용이 존재했다니!'

같은 초식이라도 누가 펼치느냐에 따라 판이하게 다른 위력을 발휘하는 법. 자신이 밟던 풍취산은 그저 분신류(分身流)의 보법이었는데 벽승악의 발을 빌자 그것은 독보적인 공격법으로 거듭나고 있다.

파바박!

벽승악이 진격해 들어오자 흙먼지가 사방으로 비산하며 장내는 그가 만들어낸 그림자로 뒤덮였다.

"타앗!"

그대로 당할 수만은 없는 노릇이라 청년도 영활하게 발을 놀렸다.

하지만,

찌익!

결국 청년은 벽승악이 그려낸 검의 궤적을 피하지 못하고 소매가 길게 잘렸다.

우뚝.

모든 움직임을 멈춘 벽승악이 고개를 저었다.

"장난하는 게냐?"

"그, 그 무슨 말씀을……."

"지금 너의 움직임은 그저 풍취산을 거꾸로 펼치는 수준밖에 되지 않는다. 보법을 파훼하라고 했지, 역으로 짚어보라고 명을 내린 적은 없을 텐데?"

벽승악의 지적은 정확했다. 청년은 마음만 앞서서 풍취산의 효용이나 현묘와 상관없이 반대로 펼쳐 내기에 급급한 실정이었다. 이런 식이라면 벽승악의 공세를 피할 시간을 버는 정도일 뿐, 절대로 파훼할 수 없다.

"다시 말씀드리지만 조금 더 시간을 주시면……."

청년의 애절한 호소에 마음이 동했을까? 벽승악이 칼을 고쳐 잡았다.

"간다."

말이 끝나기도 전에 몸을 날린 벽승악이 풍취산을 밟으며 공세를 시작하자 북에서 동북, 그리고 동북에서 서쪽에 이르는 세 개의 방위는 삽시간에 그의 지배하에 놓였다.

'질풍노도와도 같은 공격이로구나!'

하지만 감탄만 하다가는 목이 잘릴 판이라 청년도 역팔방 풍취를 떠올리며 부지런히 발을 놀렸다.

파바박!

조금 전보다는 한결 나아진 몸놀림. 그렇지만 주도권은 여전히 벽승악이 쥐고 있었기에 청년의 움직임은 여전히 버거워 보였다.

서쪽으로 움직인다 싶었던 벽승악이 느닷없이 동북으로 되돌아오며 칼을 쳐내자 청년이 몸을 틀며 피했지만 칼날은 그의 가슴을 스치듯 베고 지나갔다.

파악!

살짝 베였을 뿐인데 청년의 가슴에서 핏물이 분수처럼 솟구쳐 올랐지만 벽승악은 무심한 표정으로 다시 서쪽으로 이동하며 칼을 연거푸 두 번 내리그었다.

"하앗!"

벽승악의 권역에서 벗어나기 위해 지닌바 모든 힘을 쏟아낸 청년이 겨우 동북을 점하면서 두 번의 칼질을 피했지만 칼날은 그의 몸에 자잘한 생채기를 남겼다.

"후욱! 후욱!"

턱까지 차오른 숨을 거칠게 내쉬며 청년이 벽승악의 다음 공세를 대비했다.

피식—

시리도록 잔인한 조소를 한 모금 머금은 벽승악이 청년을 오연하게 바라보았다.

자잘한 상처에서 배어 나오는 핏물과 땀이 뒤섞여 청년은 흡사 몇날 며칠을 고문당한 죄수의 몰골이었지만, 그에게는 아무런 감흥을 주지 못하는 듯 벽승악의 비웃음은 더욱 짙어졌다.

무엇이…….

청년의 눈에서 귀화가 피어나자 벽승악이 조소를 걷고 그위에 권태라는 이름의 표정을 내려놓았다.

"저, 저 표정! 아버님께서 이제 끝내시려는 거예요!"
울음을 터뜨릴 것만 같은 표정으로 벽산산이 외치자 여인
도 입술을 꼭 깨물었다.
벽승악의 얼굴에 권태가 떠오를 때 그가 얼마만큼 잔인해
지는지 잘 알고 있었으니까. 관후대협이라는 번지르르한 명
호 뒤에 숨어 있는 그의 독랄한 심성을 직접 목도했으니까.
'공자님, 정녕 이대로 꺾이시렵니까?

한참을 즐기던 놀이가 문득 싫증난 아이처럼 고개를 오른
쪽으로 꺾은 벽승악이 칼을 비스듬히 세웠다.
"열흘이라는 기간 동안 대체 무얼 한 게냐?"
"제가 불민하여……."
손을 저어 청년의 변명을 차단한 벽승악이 무덤덤한 음색
으로 말했다.
"끝내자."
스륵—
벽승악이 발을 교묘하게 놀리자 그의 신형은 꺼지듯 사라
졌다 서남과 서북에서 동시에 나타났다.
'이런!
미처 그의 움직임을 따르지 못한 청년이 고개를 좌우로 돌

리는데 서북에서부터 시작된 벽승악의 공세가 서남으로 파도
처럼 이어졌다.

"타핫!"

지면을 뚫고 솟아오르는 용암처럼 몸을 뽑아 올린 청년이
양 방향에서 가해지는 공세를 비껴내자 벽승악의 얼굴에 비
릿한 조소가 다시금 떠올랐다.

무엇이……!

서남과 서북으로 옮겨 다니던 그가 서쪽으로 향하자 청년
이 역팔방풍취의 순리대로 남쪽 방위를 점했다.

"한심한 놈."

사막의 모래처럼 건조한 음성으로 입을 열며 벽승악이 남
쪽으로 진격해 들어오자 청년의 얼굴이 하얗게 떴다.

'서에서 남, 남에서 서로의 이동은 아직 따라잡지 못했는
데!'

그가 어정쩡한 보폭으로 남쪽 방위를 밟는 벽승악을 쫓으
려다 결국 발을 헛디디며 중심을 잃었다.

청년과 벽승악의 싸움은 마구잡이에 가까운 드잡이로 보
일 수도 있지만 알고 보면 풍취산이라는 정해진 틀 안에서 펼
쳐지는 정교한 대타(對打)였다.

그렇기에 아주 작은 실수로도 치명적인 결과를 초래할 수

있다.

지금처럼.

휘청거리는 청년이 겨우 신형을 바로 세우는데 이미 남쪽에 다다른 벽승악의 입가에 저승꽃처럼 스산한 미소가 걸렸다.

무엇이 그렇게 가소롭다는 겁니까!

"으아아아!!"

괴성을 지르며 청년이 무작정 뛰쳐나오자 어처구니없다는 얼굴로 그를 지켜보던 벽승악이 칼을 쭉 내밀었다.

"잘 놀았다."

순간 청년은 깨달았다. 여태까지 벽승악은 자신을 가지고 놀았다는 걸. 한차례의 겨룸으로 이미 그는 자신의 약점을 간파했으면서도 싸움을 마무리 짓지 않았다는 것을.

치부와도 같은 자신의 빈틈을 들여다보며 즐겼다는 사실을!

으드득—

소리 나게 이를 갈아붙이며 청년이 달려들자 얼음처럼 차가운 눈망울로 그의 돌진을 주시하던 벽승악이 풍취산의 현묘를 이용하여 그의 기세를 넘긴 후 칼을 휘둘렀다.

파악!

"크허헉!"

어깨뼈가 드러날 정도의 깊은 상흔을 남기며 벽승악의 칼이 청년을 다그치자 고통을 참지 못한 그가 비명을 질렀지만 무정한 검날은 두 번째의 변화를 준비했다.

스르릉—

뻔한 검로, 뻔한 움직임.

하지만 청년의 약점을 정확하게 파고드는 움직임에서 나오는 검이었기에 청년의 얼굴은 하얗게 탈색되었다.

죽음.

벽승악은 결코 검을 멈추지 않을 것이다. 인두겁을 쓴 저 냉혈한에게 자비란 없으니까.

죽는다.

이대로라면 정말 죽는다. 죽음에 관해서는 수도 없이 생각해 봤기에 그리 낯설지는 않지만 여기가 마지막이라고 한다면 스스로에게 묻고 싶다.

좋아졌는가?

대답을 알기에 청년의 몸이 부르르 떨렸다.

그렇다면…….

벽승악의 검이 목전까지 이르자 실성한 사람마냥 청년이 중얼거렸다.

"아직은 마지막이 아니야."

순간 코를 자극하는 역한 냄새가 풍겨와 청년이 반사적으로 물러섰다.

스륵—

"음?"

그저 반보 옆으로 이동했을 뿐이다. 하지만 이곳만이 풍취산의 네 번째 변화를 무력화시킬 수 있는 장소라는 걸 청년도 벽승악도 알지 못했던 것이다.

우연일까?

뒷걸음질하던 소가 쥐를 밟은 것처럼 어쩌다 보니 피한 것일까?

그리고 청년의 눈과 귀, 코와 촉각으로 엄청난 정보가 유입되기 시작했다.

스르륵—

회심의 일검이 빗나가서 멍청해진 벽승악의 주위로 풍취산보에 그려졌던 인물들이 되살아났다.

그들은 풍취산의 현묘를 구체화하려는 듯 벽승악이 밟는 남방을 제외한 일곱 방위를 점한 상태였는데, 특이하게도 일곱 모두가 다른 색깔을 지녔기에 한눈에도 구별이 되었다.

"누, 눈이!"

청년에게만 보이는 인물들, 청년에게만 보이는 색상들, 그래서인지 몰라도 각 인물들이 내뿜은 색채에 눈이 멀어버릴 것만 같아 청년이 거칠게 나섰다.

"으아아악!!"

눈을 부여잡으며 그가 새빨갛게[赤] 타오르는 인물에게 다가서다 온몸이 녹아들 것만 같아서 차분하디차분한 청록[碧]색의 인영을 지그시 눌렀다.

파앗!

본능적으로 서남과 동의 방위를 깨뜨린 청년이 몸을 돌려 자신을 집어삼킬 것만 같은 파란[藍]색의 인물에게 다가서기 위해 주황[朱黃]의 인영을 통과하여 넘실거리는 바다를 품었다.

팍!

동남과 북을 무력화시킨 청년이 마음의 부름을 받아 노랗게[黃] 빛을 발하는 인물을 지나쳐 짙은 남색[深藍]으로 일렁이는 인영을 마주하자 동북과 서북의 방위마저 힘을 잃었다.

"허억! 허억!"

여섯 개의 빛, 여섯 개의 방위를 깨뜨리느라 탈진 직전까지 이르렀지만 아직도 그를 괴롭히는 녹[綠]색의 인물이 남았기에 청년이 마지막 힘을 쥐어짜 냈다.

"타아!"

녹색의 인물에 다다르려면 필연적으로 남방을 점유하는 벽승악을 거쳐야 할 터.

그리고 청년이 발을 굴렀다.

팍!

"이… 이럴 수가……!"

　청년이 들판의 부름과도 같던 녹색의 인물을 소멸시키는 순간 벽승악은 깨달아야만 했다.

　풍취산이 깨졌다는 것을.

　돌연한 청년의 움직임에 정신없었다고 하더라도 변변한 대응조차 할 사이도 없이 벽승악의 풍취산은 완벽하게 파훼당한 것이다.

　많은 움직임을 보인 것 같지만 일곱 개의 색채를 지우는 데 청년이 보인 움직임은 단 여덟 걸음이 전부였으니 그야말로 눈 깜짝할 사이에 벌어진 일이라 할 수 있다.

　"허억! 헉!"

　가슴을 잡고 주저앉은 청년이 숨을 헐떡이는데 묘한 표정으로 그를 내려다보던 벽승악이 속삭이듯 말했다.

　"전부 기록했겠지?"

　"그렇습니다, 가주님."

　염소수염이 너무나 잘 어울리는 남자, 벽씨세가의 총관인 염세극이 고개를 끄덕이자 벽승악의 얼굴에 기이한 미소가 걸렸다.

　"크흐흐흐, 이로써 풍취산마저 내 것이 되었구나. 크흐흐."

　정인군자의 전형과도 같은 얼굴이 어울리지 않는, 그런 야비한 웃음을 지으며 흡족해하던 벽승악이 괴로워하는 청년의 뒷덜미를 잡아 일으켜 세웠다.

　"이번에도 같았느냐?"

"허억! 헉!"

"묻지 않느냐? 이번에도 같았느냐?"

"허억! 예, 이번에도 전과 같았습니다."

청년을 던져 버린 벽승악이 고개를 틀었다.

"파훼하려는 보법을 따르다 보면 각 방위에서 저마다 색채가 다른 인물들이 신기루처럼 솟아난다. 그들이 내쏘는 빛을 지우기 위해서 두 가지의 색을 합치면 때로는 어둠으로, 때로는 무로 사라진다. 그러다 보면 자연스레 보법이 깨진다."

그야말로 한 편의 희극 같은 이야기. 하지만 정말로 벌어진 일이기도 하다.

대체 청년은 어떤 사람일까?

장내를 주시하던 여인이 한숨처럼 말을 토했다.

"공감각(共感覺)……."

그녀의 말을 이해하지 못하고 벽산산이 눈을 끔뻑이자 여인이 차분하게 설명했다.

"사람은 다섯 가지의 감각으로 사물을 인지하지. 예를 들자면, 눈으로 보거나 코로 냄새를 맡는단 말이야. 그렇지만 공자님은 달라. 냄새를 보기도 하고, 소리를 느끼기도 해. 맛을 듣거나 마음속의 상념들을 볼 수도 있어. 거짓말처럼 들리지? 하지만 사실이야."

도무지 믿기 어려워 벽산산이 커다란 눈을 더욱 크게 뜨는데 여인이 부드럽게 웃었다.

"오백 년 전의 천하제일검객이었다는 우뢰신검(雨雷神劍) 조충양 대협은 자신이 그린 검의 궤적이 잘못되면 악취를 맡았다고 해. 또한 삼백 년 전, 장법 하나로 무림을 제패했던 환상무적장(幻想無敵掌) 이중한 대협은 상대방의 움직임이 위협적으로 다가올 때 쓴맛을 느꼈다는 일화가 있어."

"우와아! 정말이에요?"

벽산산이 자신의 말에 수긍하는 기색을 보이자 고개를 끄덕인 여인이 다시 장내로 눈을 돌렸다.

"공감각, 감각의 경계를 넘어서는 절대 감각. 이런 사람들을 공감각자라고 부른단다."

염세극이 속기로 기록한 풍취산의 파훼보를 검토하던 벽승악의 눈이 날카롭게 빛났다.

파훼보는 과연 청년이 말한 그대로였기에.

"서남에서 동으로, 동을 거쳐 동남에서 북으로 이동한 후 동북과 서북을 가로질러 서쪽 방위를 지나… 이렇게 뒤죽박죽처럼 얽혀 있으니 안 보였던 게로군. 대칭을 이루는 각기의 방위마다 보충색을 지닌 인물들이 자리했고."

보충색 관계란 서로 다른 두 가지의 색상을 결합했을 때 흰색이 되는 경우를 말한다.

가령 적색과 벽색이 결합하면 뚜렷한 색상을 자랑하던 둘은 소멸하고 종이엔 그저 하얀색만이 남는다. 남색과 주황, 심남색과 황색도 마찬가지.

청년은 이런 원리를 본능적으로 깨닫고 자신을 괴롭히는 색상들을 합쳐서 무로 돌려 버린 것이다.

원론적인 파훼라고 할 수는 없으나 아무튼 풍취산은 이제 약관을 갓 지난 청년에게 무릎을 꿇었으니 그야말로 기사라 할 수 있지만 이를 아는 이는 장내의 인물들이 전부였다.

第二章
백 개의 보법을 깨뜨려라!

　파훼서를 염세극에게 넘긴 벽승악이 짐짓 근엄한 표정을 지었다.

　"아직은 네 운이 다하지는 않았나 보구나. 일흔다섯 번째 보법 풍취산을 깨뜨렸다는 걸 인정한다."

　쿠쿵!

　그렇다면 청년은 지금까지 무려 일흔다섯 개의 보법을 파훼했다는 건가?

　"하여 약속대로 네 아비가 어떤 죄를 지었는지 말해주겠다."

　벽승악의 말에 헐떡이던 청년이 고개를 치켜들었다.

“네 아비 벽진악이 지은 죄는……”

잠시 숨을 고른 벽승악이 씹어뱉듯 이야기했다.

“반역이다.”

“반… 역이라고 하셨습니까?”

아득해지는 정신을 부여잡으며 청년이 확인했지만 벽승악의 대답은 단호했다.

“그렇다. 반역. 네 아비는 가주인 나를 시해하기 위해서 특급 살수 서른 명을 동원했음은 물론, 자신도 앞장서서 내게 칼을 겨누었다.”

현임 가주에게 특별한 귀책사유 없이 세가의 일원이 칼을 들이댔다면 명백한 반역이다. 그리고 벽씨세가에서 반역죄는 본인뿐만 아니라 가솔 전체에게 책임을 묻는 중죄에 해당된다.

“어떤 연유로……”

“연유?”

청년의 물음에 담긴 의미가 가소로웠는지 짧게 코웃음을 친 벽승악이 팔짱을 꼈다.

“십팔 년 전, 네 아비 벽진악은 세가의 최정예라는 풍운벽력대(風雲霹靂隊), 그리고 세가 제일무장이었던 낙일천장(落日天將)까지 대동하고 하오혈난(下午血亂)에 참전했다 패하자 제 목숨 하나 부지하자고 수하들을 내팽개친 채 도주했지. 그것만 해도 중죄인데 패전의 책임이 돌아올까 무서워 가주인

나까지 시해하려 들었다. 자, 이제 네 아비가 나를 죽이려 한 연유를 똑똑히 알겠느냐?"

하오혈난. 십팔 년 전, 사분오열 상태였던 하오문이 처음으로 하나가 되어 자신들의 지위를 보장해 달라며 육문과 칠가로 대표되는 무림에 반기를 들었던 사건이다.

비록 일천한 무학을 지닌 하오문이라지만 개방의 열 배에 달하는 문도 수는 육문칠가에게도 부담으로 작용했다.

고심하던 육문과 칠가는 적절한 선에서 타협점을 찾으려 했지만 하오문에서 내세운 요구 조건은 받아들이기 힘들었고, 결국 하오문과 육문칠가는 충돌하게 되었다.

육문에서 팔백, 그리고 칠가에서 칠백, 하오문에서 동원한 인원이 이천을 넘었다고 했으니 적게 잡아도 삼천오백 명이 하오혈난이라는 싸움에 참여했다는 얘기다.

당연한 말이겠지만 동원된 인원만큼이나 사상자도 많아서 양측을 통틀어 천칠백 명이 목숨을 잃거나 심각한 부상을 입었다고 했다.

승리한 육문칠가도, 패배한 하오문에게도 지울 수 없는 상처를 남긴 하오혈난.

처참했던 당시의 상황이 떠오르자 와락 인상을 구긴 벽승악이 가문의 선조들의 위패가 보관된 사당을 향해 포권했다.

"혈난을 막기 위해 우리 벽씨세가의 주력이 대부분 가문을 비웠지만 선조의 보살핌이 있었는지 다행히도 인근 단목세가(端木世家)의 힘을 빌려 가까스로 반역을 제압했다.”

벽승악이 포권을 풀고 벌레 대하듯 청년을 바라보았다.

“가법대로라면 당연히 네 명을 취해야 했으나 세 살 어린 아이에게 너무 가혹한 처사가 아니냐는 원로들의 탄원을 받아들여 목숨만은 살려둔 것이니 그분들께 고마워해야 한다.”

‘고마워하라…….’

대체 무엇을 고마워해야 할까?

지금의 삶은 삶이라 부를 수도 없으리만치 비참한 것인데.

어떻게든 암울한 현실에서 벗어나 보려고 발버둥을 쳤건만 돌아온 진실은 너무도 가혹했기에 청년의 고개가 축 늘어졌다.

그 모습에 장난기가 동했을까? 벽승악이 기이한 미소를 지으며 무릎을 굽혀 청년과 눈높이를 맞췄다.

“이례적으로 상을 하나 더 줄까?”

“무, 무슨…….”

“지금까지의 관례와는 다르게 백 번째의 보법을 파훼하면 네가 받을 선물을 미리 공개하도록 하지.”

벽승악은 스물다섯을 기준으로 청년에게 한 가지씩의 선물을 주었다.

말은 선물이었지만 모질다 못해 혹독한 진실을 들려주며 그가 짓는 웃음은 청년의 가슴에 비수처럼 꽂혔기에 청년이 고개를 저으려 했지만 벽승악은 이미 이야기를 풀어놓고 있었다.

"유랑마보, 네가 스물다섯 번째로 파훼한 보법이었지. 그때 넌 처음으로 이름이라는 것을 가지게 되었다. 구룡운신, 오십 번째의 보법을 깨뜨렸을 때는 나의 정체를 알려주었지. 그리고 오늘은 네 아비의 죄상을 낱낱이 들려주었다."

말을 멈춘 벽승악이 눈가에 잔주름을 잡았다.

"그리고 백 번째의 보법을 깨뜨리는 날."

청년이 숨을 멈추는데 그의 입에서 기적 같은 말이 터져 나왔다.

"무영(無影), 넌 자유다."

청년의 이름, 무영.

"자… 유……."

"그렇다. 자유. 선대의 죄업 때문에 그림자도 없이 살아가야 하는[無影], 그런 천형과도 같은 업보에서 벗어나게 해주겠다."

자유란다. 반경 삼 장이 전부였던 그에게 이 너른 세상을 안을 수 있는 권리가 주어진단다.

'자유…….'

두근거리다 못해 거의 발작적으로 뛰는 가슴을 억누르며 무영이 멍한 표정으로 그를 옥죄는 쇠사슬에 눈길을 던지자 벽승악이 조용히 속삭였다.

"원한다면 가주의 자리를 놓고 나와 비무를 펼칠 기회도 주마. 공평하게 서로 내공을 일으키지 않는다는 조건으로 말이야. 물론 네가 승리한다면 벽씨세가의 주인이 되겠지."

마귀의 속삭임. 하지만 너무도 달콤한지라 무영은 어깨를
부르르 떨었다.

가주라는 자리 따위는 상관없다.

단 하루, 단 하루만이라도 벽무영이라는 이름으로 살 수만
있다면.

'기필코 백 가지의 보법을 깨뜨리리라!'

그가 주먹을 꾹 쥐는데 무릎을 편 벽승악이 돌아섰다.

"뛰고 또 뛰어라."

무엇을 상상하는지 벽승악의 입가에 가느다란 사선이 아
로새겨졌다.

"원하는 바를 이루고 싶다면."

그 말을 덩그러니 남겨두고 벽승악이 사라지자 벽산산과
여인이 청년에게 다가왔다.

"오라버니."

울먹거리며 벽산산이 품에서 손수건을 꺼내 무영의 얼굴을
닦아주었다. 손수건에는 꽃을 탐하는 나비문양이 수가 놓여
있었는데 얼마나 정교했는지 나비는 당장에라도 수건을 뚫고
나올 것만 같았고, 꽃에서는 은은한 향이 풍길 지경이었다.

"미안해요. 정말 미안……."

"미안하긴. 그보다 벽 누이의 자수 솜씨는 나날이 느는구
나. 정말로 훌륭한 화접도(花蝶圖)야."

"자수 이야기가 왜 나와요."

벽산산이 고개를 떨어뜨리자 희미하게 웃으며 무영이 몸을 일으켰다.

"내가 짊어진 업보에 관해 벽 누이도 들었잖아. 가문의 죄인인데 무엇이 미안해?"

"그건 오라버니의 잘못이 아니잖아요."

벽산산이 시무룩한 음성으로 중얼거리자 무영이 그녀의 머리를 쓰다듬었다.

"아니지. 그분의 업을 이어받을 사람은 천지간에 오직 나 하나인데 어찌 그것을 외면하겠어?"

무영은 벽진악을 언제나 그분이라고 칭했다. 자신을 이런 처지로 만들었다는 원망이나 서운함 때문이 아니라 언제고 벽 씨 성을 되찾는 날 떳떳하게 부르고 싶었던 것이다.

천지웅풍(天地雄風) 벽진악은 벽무영의 아버지라고!

서글픈 무영의 미소에 벽산산이 끝내 눈물 한 방울을 떨어뜨리는데 매화 향기처럼 그윽한 음성이 장내에 내려앉았다.

"오늘도 이겨내셨군요."

여인에게로 고개를 돌린 무영이 얼굴에서 웃음기를 지우며 정중히 포권했다.

"무영이 단목 소저를 뵈오."

지나칠 정도의 격식 어린 포권에 여인이 눈을 감았다.

"아아……."

그렇게 저를 밀어내고 싶으신가요?

나지막이 한숨을 쉰 여인 단목소설(端木少雪)이 마주 포권했다.

"인사가 늦었네요. 단목소설이 무영 공자를 뵈어요."

"지체 높으신 단목가의 독녀께서 비루한 죄인에게 포권이라니, 가당치도 않습니다."

단목세가는 천하를 양분하는 칠가에서 일곱 번째 서열의 가문이지만 가주 단목문한의 무학은 벽승악을 제외한다면 다른 네 개 가문의 가주와 견주어도 손색이 없을 정도로 고강한 편이었다.

물론 칠가의 정점인 천가(天家)는 논외로 치고.

무영의 사무적인 태도에 힘을 잃은 단목소설이 마른침을 꿀꺽 삼켰다.

눈부시도록 아름다운 용모와 달리 하고픈 말은 반드시 뱉어야 하고, 한번 옳다고 믿은 것은 끝까지 밀고 나가는 그녀다. 의가 아니면 타협하지 않고, 협이 아니면 행동하지 않는, 그런 여장부가 단목소설인데.

작아진다. 무영이라는 벽씨세가의 사내를 보면 한없이 초라해지는 자신을 발견하고 문득문득 놀라곤 한다.

어째서일까?

'그래, 십삼 년 전의 어느 겨울날이었지……'

하오혈난을 제압하면서 잠시 힘을 모았던 육문과 칠가는

다시 앙숙이 되어 으르렁거렸다. 당연히 여섯 개의 문파는 자기들끼리 뭉쳤고, 일곱 개의 가문은 왕래가 더 잦아졌다.

십삼 년 전, 아버지 단목문한을 따라 처음으로 벽씨세가에 놀러 온 단목소설이 자신의 세가와는 판이하게 다른 경관에 정신이 팔려 이곳저곳을 누비고 다니다 길을 잃었다.

일곱 살의 여아에게 벽씨세가는 너무나 웅장한 크기였으니까.

주위를 돌아봐도 인기척 하나 없는 공간에 놓인 단목소설은 그곳이 벽씨세가의 금지라는 사실도 모른 채 정신없이 헤맸지만 도통 길을 찾을 수 없었다.

때마침 내리는 첫눈. 비록 많은 양은 아니었지만 길 잃은 어린아이에게 충분히 두려웠고, 단목소설의 공포심은 극한까지 이르렀다.

그리고 소녀의 귓가를 적시는 숨소리.

폐부가 찢어지도록 급하게 호흡하며 달리는 소년 하나.

초겨울이 무색하게 얇은 겉옷만 걸친 소년은 쌀쌀한 날씨임에도 불구하고 굵은 땀방울로 전신을 적신 상태였다.

미친 사람마냥 이리 뛰고 저리 뛰다 끝내 자빠진 소년이 눈으로 뒤덮인 땅바닥을 마구 내려치다 우연처럼 소녀와 눈을 마주쳤다.

"너… 누구니?"

소녀의 질문에도 소년은 묵묵히 일어나 옷에 묻은 눈과 흙을 털어내고 또다시 달릴 뿐이었다.

"누구냐니까!"

약이 오른 소녀가 바락 소리쳤지만 소년은 눈길 한번 주지 않고 달렸다.

세가에서는 한마디로 안 되는 것이 없던 소녀에게 무시에 가까운 소년의 태도는 굴욕스러운 일이었고, 결국 소녀는 소년의 어깨를 잡았다.

"야! 말이 들리지 않⋯⋯."

그제야 소녀는 발견할 수 있었다, 소년의 발목에 매달린 거대한 쇠사슬을. 추위와 두려움 때문에 미처 듣지 못했지만 쇠사슬이 불러오는 소리는 생각보다 컸다는 것을.

이토록 거대한 쇠사슬을 감당하기엔 소년의 발목은 너무나 가녀리다는 사실을.

"너⋯⋯."

손아귀에서 힘이 빠질 정도로 충격을 받은 소녀가 눈을 깜빡이자 소년은 다시 달리기 시작했다.

철컹― 철컹―

"그 사슬은 뭐야?"

소녀의 물음을 들은 척도 하지 않고 소년이 몸을 움직였다.

철커덩― 철커덩―

"대체 왜 달리는 거야?"

철컹! 철커덩!

"엄마랑 아빠는 어디 계시는데?"

순간 소년의 신형이 멈칫거렸다.

그리고,

철커덩! 쿵! 철컹!

발악하듯 소년이 몸을 날리자 쇠사슬과 땅이 부딪쳐 파생되는 마찰음이 송곳처럼 귓가를 후벼 파 소녀가 귀를 틀어막았다.

'그만……'

쇠사슬 소리가 거슬려서는 아니었다. 자신의 몸무게보다 몇 곱절 무거운 쇠사슬을 이끌며 달리는 소년이 마음으로 내지르는 비명 소리가 그녀의 가슴을 난도질했던 것이다.

그렇게 소리없는 절규가 소녀의 가슴을 헤집는데 소년이 그리는 원이 점차 커졌다.

철커덩— 철커덩—

"이제 그만!"

소녀가 발작적으로 외치는데 소년이 하늘을 향해 날아갈 듯 몸을 날리자 쇠사슬이 커다란 포물선을 그리며 소녀를 휩쓸어갔다.

"아악!"

얼굴을 가리며 소녀가 주저앉는 순간, 비조처럼 몸을 날린 소년이 발목을 당겨 쇠사슬을 강하게 잡아챘다.

콰직!

“크허헉!”

핏물이 분수처럼 터지는 발목을 잡고 쓰러진 소년이 고통을 이기지 못하고 신음하자 소녀가 어쩔 줄을 몰라서 발만 동동 굴렀다.

“어떻게 해… 어떻게 해.”

소년의 발목이 탈골되었다는 것을 무가의 여식으로 왜 모르겠는가?

참새 다리마냥 가녀린 발목으로 육중한 쇠사슬을 감당하기에는 역부족이었다는 사실을 왜 모르겠는가?

왜 저 아이는 생면부지의 자신을 위해서 희생했을까?

대체 왜?

“아아악!”

마구 몸을 뒤틀며 신음하던 소년에게 엉금엉금 기어서 다가선 소녀가 용기를 내서 물었다.

“괜… 찮은 거니?”

“허억! 허억!”

너무 아픈지 소년의 눈은 흰자위만이 가득했기에 일견 무서웠지만 소녀는 입술을 잘근 깨물고 입고 있던 치마를 주르륵 찢었다.

“뭐하는…….”

괴로운 와중에도 소년이 고개를 들었지만 소녀는 그의 발목에서 흐르는 피를 조심스레 닦아낸 후, 평평한 나뭇조각으로 그의 발목을 고정시켰다.

"움직이지 말고 며칠 가료(加療)하면 괜찮아질 거야."

"후욱, 훅, 며칠이라……."

소녀를 돌아본 소년이 힘없이 뇌까렸다.

"그럴 시간이 없어."

무뚝뚝하게 말하고 소년이 일어섰지만 절뚝거리는 다리로
는 아무것도 할 수 없었다.

"아아, 큰일이네. 시간이… 없는데……."

"무슨 시간이 없다는 거야? 세상에 자기 몸보다 중요한 게
뭔데?"

그때 소녀는 알았다. 세상에서 가장 슬픈 사람은 울지 않는
다는 사실을. 금방이라도 사라질 것 같은, 그런 물빛보다 흐
릿한 미소를 머금는다는 것을.

"정해진 시간 내에 완수하지 못하면 나는……."

물빛의 미소는 작은 눈발도 버티지 못하고 산산이 흩어졌
다.

"죽어."

한 번도 생각해 보지 못했던 죽음이라는 관념과 처음으로
맞닥뜨린 소녀가 거역할 수 없는 압박감에 주춤주춤 뒤로 물
러서자 소년이 절룩거리며 다시 걸음을 옮겼다.

"크흑! 큭!"

비틀거리면서도 용케 소년이 걷는데 꿈결처럼 소녀가 물

었다.

"그렇게 시간이 없다면서 왜……."

처음 본 나를 위해 몸을 던진 거니?

문득 걸음을 멈춘 소년이 뒤도 돌아보지 않고 답했다.
"나 하나로 충분하니까."
"뭐?"
도무지 알 수 없는 말이라 소녀가 고개를 갸웃거리는데 소
년이 뇌까렸다.
"아픈 사람은 나 하나면 족해. 그러니까 다른 사람들은 아
프지 않았으면 좋겠어."
절룩거리며 무영이라는 이름의 소년이 어둠 속으로 몸을
묻었지만 그 순간부터 그는 단목소설이라는 작은 여인의 모
든 것이 되었다.

당시의 일을 떠올리며 단목소설이 아련한 미소를 머금었
지만 무영은 그녀의 마음에 관심이 없었나 보다.
"하명하실 것이 없다면 이만 가겠소이다."
"예, 아, 아니……."
손을 들었지만 미처 보지 못했는지 무영은 단목소설을 지
나쳐 뚜벅뚜벅 사라져 갔다.

'언제나 이런 식이로군요.'

시큼시큼 아려오는 가슴을 섬섬옥수로 누르며 단목소설이 무영의 뒷모습을 하염없이 바라보았다. 그가 초라한 모옥의 문을 열고 모습을 완전히 감추었지만 단목소설은 망부석처럼 자리를 뜰 줄 몰랐다.

＊　　　＊　　　＊

한번 물꼬가 트이자 그다음은 거침이 없었다.

모든 공부란 원래 그런 법이다. 한군데서 막히면 좀처럼 앞으로 나가기 어렵지만, 그것만 뚫으면 당분간은 탄탄대로처럼 쭉쭉 나아가게 된다.

풍취산은 이전까지의 보법들보다 한 차원 높은 무학이었기에 애를 먹었던 것이고, 그것을 넘어서는 순간 무영에게 풍취산 정도의 보법은 문제가 되지 않았다.

"세상에, 벌써 파훼하셨단 말입니까?"

"그러게 말이에요. 이제는 그냥 눈에 들어오네?"

소노가 놀라자 자신도 의외라는 표정으로 무영이 어깨를 으쓱였다. 철검산장의 인왕중보라면 최고라고는 할 수 없지만 그래도 강호에서 일절이라 평가받는 보법인데 무영은 단 사흘 만에 그것을 파훼해 낸 것이다.

"여든여섯 번째는 닷새를 소비하시더니 이번에는 사흘로 단축시키셨군요. 장하십니다. 정말 장해요."

"장하긴요, 뭘."

뒷머리를 긁으며 쑥스럽게 웃던 무영이 소노에게 귀띔했다.

"이번에도 아직 파훼하지 못한 거예요. 알죠?"

"물론입니다. 일 주야 동안 푹 쉬십시오."

"쉬긴요."

딱 잘라 말한 무영이 초옥으로 들어가 산더미처럼 쌓인 책을 뒤졌다.

"지금까지 파훼했던 보법 가운데 미진한 녀석들과 씨름해야지요. 앞으로 어떤 난제가 솟아날지 알 수 없는 판에 어찌 편안하게 놀아요?"

한번 풀어지면 완전히 늘어진다고요, 하며 책을 분류하는 무영의 뒷모습을 응시하던 소노가 탄식했다.

불쌍하다. 사물을 분별할 나이부터 오로지 보법만을 파훼하는 인생. 또래의 청년들은 강호를 질주하며 호방한 기상을 마음껏 흩뿌리고 다닐 텐데 이 무슨 고생인가.

"공자님."

"말씀하세요."

"지겹지도 않으십니까?"

"뭐가요?"

“보법 깨뜨리는 것 말입니다. 얼추 십칠 년간 하신 일이니 지겨울 만도 할 텐데.”

“벌써 그렇게 됐나요?”

감회 어린 표정으로 손가락을 꼽던 무영이 피식 웃었다.

“정말 그렇군요. 벌써 십칠 년이 흘렀어.”

이십일 년이라는 인생을 살아온 무영이지만 그가 보낸 세월은 단 하나의 단어로 압축할 수 있다.

보법.

보법, 보법, 보법…….

낯선 보법과 겨우 친해지면 곧바로 그것을 조각조각 해체해야만 했다.

문파에 갓 입문한 수련생들이나 익힐, 그런 기본적인 보법 때문에 한 달을 허비하던 때가 엊그제 같은데 이제는 능히 일류로 평가받는 것들마저 사나흘이면 깨뜨릴 수준이 되었다.

“지겹지는 않아요. 만약 보법을 대하는 일이 넌덜머리가 날 정도로 싫었다면 어떻게 여기까지 왔겠어요?”

“그럼…….”

“다만 이렇게 재미난 일을 즐길 수 없다는 사실이 아쉬울 따름이에요.”

친구와도 같았던 수많은 보법들이 생겨났다 명멸하기를 반복한 지 어언 십칠 년여.

오도카니 앉아서 지난날을 돌이키던 무영이 무심결에 중

얼거렸다.

"가주님께서는 이 많은 보법을 파훼해서 무얼 하시려는 건지……."

그의 독백에 소노가 따라 앉으며 무릎을 콩콩 두드렸다.

"저 같은 천한 것이 뭘 알겠습니까? 다만 가주님은 보통 사람들로는 상상하기 어려울 정도로 커다란 포부를 지니신 분이라는 정도는 알지요."

"다른 이들보다 커다란 포부라면……."

"지금보다 우리 벽씨세가의 위상을 한층 더 높이고 싶어하신다는 거지요."

소노의 말에 무영이 의아한 표정으로 콧등을 문질렀다.

지금도 벽씨세가는 충분히 높은 위상을 가지고 있다. 천하를 양분하는 칠가에서 두 번째 서열의 가문이라면 강호의 그어떤 세가나 문파도 부럽지 않은 권력을 쥐고 있다는 거다.

한마디로 육문을 제외한다면 일인지하 만인지상의 위치라는 얘기. 이런 벽씨세가가 다다를 수 있는 마지막 위치는?

"설마 가주님께서……."

천가는 절대적이라고 했다. 거슬러서도 안 되고, 거스를 수도 없는 무적의 집단이라고 했다. 아니, 힘의 논리를 떠나…….

"천가는 풍전등화의 중원을 구한 무림의 은인이잖아요? 우리 벽씨세가를 비롯한 육가도 천가의 도움을 받아서 오늘날의 성세를 이룩했다고 들었는데……."

무영의 말대로 칠가에서 천가의 위치는 단연 독보적인 것이라 할 수 있다.

무력으로나 명성 면에서도.

강호인들이 천가에 가지는 경외감은 그들이 지닌 무력 때문만은 아니었다. 천가는 그런 대접을 받을 자격이 있었던 것이다.

백 년 전, 평화롭던 무림을 발칵 뒤집은 사건이 있었다. 훗날 전륜혈겁(轉輪血怯)이라고 명명된 미증유의 혈풍은 전륜방(轉輪幇)이라는 정체불명의 집단이 강호의 이십대 명문 거파에 통첩을 보내면서 시작됐다.

어지러운 강호의 앞날을 논하고자 하니 칠월 보름, 사천성 대파산에서 흉금을 털어놓고 무림의 앞날을 얘기해 보도록 합시다.

첩지를 받은 각파의 주인들은 기가 막혀서 편지를 그대로 파기했다.

그럴 만도 한 것이, 당금 강호는 평화롭기 그지없었으며 변변한 내력 하나 없는 단체가 현 무림을 선도하는 자신들에게 이런 서신을 보냈다는 것 자체가 너무도 어이없었기 때문이다.

당연한 귀결이었지만 칠월 보름에 대파산을 오른 사람은 전무했다.

나흘 후, 이십대 명문 거파에 전륜방이라는 이름으로 또 다른 봉서가 전달됐다.

권주를 마다하고 벌주를 받겠다면 그에 상응하는 대가를 치러야 할 것이오.

편지를 받은 모두가 파안대소했다.

그 벌주 한번 마셔보자!

모두가 비웃은 전륜방의 벌주는 칠월 말일, 사천을 시작으로 전 무림을 강타했다.

"한 달도 채 버티지 못하고 청성파와 아미파, 그리고 점창파가 멸문당했다지요?"

"그렇습니다. 봉문을 선언한 당문을 지나친 전륜방은 감숙의 몇몇 방파들을 무릎 꿇리는 일방, 이웃한 섬서의 종남을 멸문시켰지요. 이로써 구파일방 가운데 무려 네 개의 문파를 강호에서 지워 버린 것인데, 이것으로도 부족했는지 그들은 산동으로 눈을 돌렸습니다."

소노가 비를 들어 땅을 콩콩 쳤다.

"구파일방 가운데 무려 넷, 그리고 군소 문파 몇을 함락시키면서 힘이 떨어질 만도 했지만 전륜방은 여전했습니다. 창

한 자루만 들면 두려울 것이 없다던 산동의 악가도, 지모로
따진다면 능히 천하제일을 다툰다는 제갈세가도 이들에게 무
릎을 꿇었지요."

고고한 척 뒷짐만 지던 남은 오파일방이 그제야 사태의 심
각성을 깨닫고 육문이라는 연합을 맺는 일방, 전륜방을 제어
하기 위해 나섰지만 그들을 막기란 역부족이었다.

"암울한 세월이었지요. 무림에 몸담은 이들이라면 누구나
그들을 저주하며 목 놓아 울었지만 전륜방을 제어할 수는 없
었습니다. 모두가 한목소리로 그들을 욕했지만 방법이 없었
던 게지요."

"그때 여섯 개의 가문이 봉기했던 것이로군요?"

무영의 말에 반색하며 소노가 커다란 비를 마구 흔들었다.

"바로 그렇습니다! 한 지역의 패자에 불과했지만 의협심만
큼은 하늘을 찔렀던 우리 여섯 가문은 전륜방의 만행을 참지
못하고 떨쳐 일어선 게지요!"

"그다음 이야기는 귀에 딱지가 앉을 정도로 들었어요."

여섯 가문의 의기는 가상했지만 힘이 없는 용기는 만용에
불과할 뿐, 벽씨세가를 위시한 여섯 가문은 패주에 패주를 거
듭했다. 이대로라면 그들도 영락없이 멸문의 길을 걸을 판이
었다.

그때 천가가 등장했다. 가슴에 새겨진 천(天) 자만큼이나
선명하게 등장한 그들은 여섯 가문을 물심양면으로 도우며

전륜방의 공세에 맞서나갔다.

이에 힘을 얻은 여섯 가문도 공세에 가일층 박차를 가하고 미온적이던 육문 연합까지 가세하자 공고하기만 하던 전륜방의 기세도 한풀 꺾였다.

마무리는 역시 천가의 몫이었다. 그들은 백여 명의 일류고수를 동원해서 전륜방을 압박해 들어감과 동시에 당시 천가의 주인이었던 천외검신 천득성이 직접 나서 전륜방의 본진을 깨뜨려 버린 것이다.

의도하지는 않았겠지만 전륜혈겁은 구파일방으로 대변되던 강호를 육문칠가, 즉 오파일방과 천가를 필두로 하는 일곱 가문이 양분하는 계기가 되었다.

"천가는 여섯 가문의 맏형이자 무림의 구성으로서 모든 강호인의 칭송을 듣는 칠가의 대표인데 설마 가주님께서 반기를 들기야 하겠습니까?"

소노의 말에 무영이 고개를 끄덕였지만 썩 개운한 표정은 아니었다.

'어떤 말로 포장한다고 해도 벽씨세가가 도달할 정점은 결국 천가를 밀어내고 칠가의 수장이 되는 것뿐이다. 또한 내가 보아온 가주님은 충분히 그런 야심을 품고도 남을 인물이야.'

그렇게 생각하니 모든 가정이 그쪽으로 몰린다.

"천가를 이길 수는 없다고 했지요?"

“그게 무슨 말씀이신지······?”

“무공 말이에요. 우리 벽씨세가의 무학으로는 천가를 당해 낼 수 없다고 들었어요.”

“그, 그야······.”

소노가 목을 늘어뜨리자 무영이 꿀꺽 침을 삼켰다.

“모든 무학의 기본은 보법이지요?”

“당연히······.”

“그렇다면 보법을 파훼해서 얻는 것이 무엇일까요?”

눈을 끔뻑이는 소노를 쳐다보지도 않고 무영이 단언했다.

“지금까지와는 차원이 다른 무학 또는 무학관을 만들어내려는 일환일지도 모른다는 제 생각, 단순한 억측일까요?”

“아니, 그런 어려운 얘기를 이 늙은이에게 하시는 겁니까? 저는 그저 비질을 어떻게 하면 잘할 수 있을까 고심하는 노인일 뿐입니다요.”

소노의 항의는 충분히 일리있었기에 무영이 한숨을 내쉬었다.

자신에게 남과 다른 점이 있다는 사실은 소노를 통해 알게 되었다.

공감각이라고 했던가?

보통의 사람들과는 전혀 다른 방식으로 자극을 받아들이고, 그것을 바탕으로 익히는 것보다 파훼가 서너 배는 어렵다는 무학을 깨뜨려 헐어버린다는 것을.

'깨뜨려 헐어버린다······.'

이는 재정립을 의미하니 그렇게 깨지고 헐어버린 보법들은 전혀 다른 성질의 무학으로 거듭날 수도 있다는 말이다. 그리고 그것을 기반으로 숙부는 천가와 건곤일척의 승부를 대비하는 걸지도 모른다.

그렇다면 자신은?

자신의 역할은 무엇일까?

'아마도······.'

사냥개일 것이다. 남들과는 다른, 거의 괴물에 가까운 감각기관을 바탕으로 사냥꾼에게 길을 알려주는 꼭두각시일 것이다.

그렇게 사냥이 끝나면 사냥개는······.

'팽(烹)이라는 건가?'

살려둘 리가 없다. 천가에 반기를 들 때도 숙부는 철저한 명분으로 자신의 야망을 가릴 테고, 일이 성사된다면 관후대협보다 더한 인두겁으로 중인들을 매료시키려 들 것이다.

물론 토끼 사냥이 끝났으니 더는 쓰임새도 없고 후환의 소지만 다분한 자신을 살려줄 리는 만무.

어쩌면 자유는 그저 유혹일지도 모른다.

"근데 말이에요······."

넋두리처럼 무영이 중얼거렸다.

"왜 그분은 그러셨을까요?"

"예?"

"그분 말이죠. 그런 결정을 내리신 이유가 무엇일까요? 아니, 꼭 그러셨어야만 했던 걸까요?"

좀처럼 꺼내지 않았던 이야기. 차마 들추지 못하고 가슴 한구석에 묻어두었던 아픈 진실.

"음……."

빗자루에 턱을 괸 소노가 입술을 지그시 깨물었다.

"그럴 수밖에 없었겠지요."

소노답지 않은 단언이라 무영의 눈이 커졌다.

"다른 선택을 할 수 없는 상황. 가주님을 비롯한 타인들이 받아들일 때는 최악이었을지 모르나 그분의 입장에서는 최선이었겠지요."

어쩐지 연륜이 묻어나는 대답이라 무영이 귀를 기울였지만 소노는 길게 말하지 않았다.

"저마다 사정이 있는 법이니까요."

그 이야기를 끝으로 소노가 침묵하자 무영이 침전된 눈으로 지평선을 응시했다.

만약 그런 결단을 내리지 않았더라면,

자신에게는 최선일지 모르나 타인에게 최악이었던 결과를 초래하지 않았다면,

혼자만의 최선을 고집하지 않고 모두가 공감하는 차선을 택했더라면,

그랬더라면…….

'내게도 다른 인생이 부여되었겠지…….'

입에서 단내가 나도록 뛸 필요가 없었을지도,

끔찍할 정도로 무거운 쇠사슬을 대할 이유가 없었을지도,

세가의 모든 이들에게 사랑을 받으면서 하고 싶은 일을 마음껏 부렸을지도,

그리고…….

착잡한 심정으로 하늘을 응시하던 무영이 문득 제 머리를 툭 쳤다.

'아아, 내가 또 왜 이러지?'

꿀보다도 달콤한 휴식이다.

이런 날은 자연이 부르는 노래를 음미해 줘야 한다. 회색빛 자괴감이나 피워 올리면서 인상을 구겨서는 안 된다. 바람이 전해주는 이야기에 귀를 기울이기도 벅차단 말이다.

"그런데 소노."

"예?"

무영의 질문에 소노가 고개를 돌렸다.

"정말로 태양이 동그랗다는 거예요?"

"몇 번을 말씀드립니까? 모 하나 없는 원형이라니까요?!"

"에이, 그건 아닌 것 같은데……. 저렇게 갈라지는데 어떻게 동그랗다는 거죠?"

무영이 손가락을 들어 나뭇잎 사이로 갈래갈래 들어오는 빛살을 가리켰다.

"다시 말씀드리지만 저건 태양의 분신들, 즉 햇살입니다. 태양은 하늘 가운데에서 빛을 뿌릴 뿐 직접 내려오는 법은 없지요."

무영이 사는 모옥의 주위는 울창한 수풀로 둘러싸여 있었다. 무성한 나뭇잎과 나뭇가지로 철저히 격리된 공간.

무영은 단 한 번도 태양을 본 적이 없다.

"알 수가 없네요. 갈라지기 때문에 아름다운데 태양은 무엇하러 자신을 동그랗게 말지요?"

"처음부터 동그랗게 생겨먹었으니 그렇겠지요."

별걸 다 묻는다는 얼굴로 소노가 입을 내밀자 무영이 어깨를 으쓱였다.

동그랗게 몸을 마는 건 자신 같은 죄인의 자식에게나 어울린다. 저렇게 아름다운 모습으로 세상에 빛을 선물하는 태양이 어째서 동그랗게 몸을 말까?

갈라지는 햇살을 보며 무영이 우울한 표정으로 한숨을 내쉬자 소노가 일어섰다.

"자자, 그렇게 처져 계시면 될 일도 안 될 판입니다. 어여 일어나세요."

“맞는 말이에요.”

고개를 끄덕이며 무영이 따라 일어나자 소노가 수풀을 가리켰다.

“보이시지요, 첩첩히 겹친 나뭇잎을 뚫고 얼굴을 내미는 태양의 파편들이?”

시적이다. 소노도 소싯적엔 글줄이나 읽은 사람일지도 모른다고 생각하니 무영의 얼굴에 옅은 미소가 피어올랐다.

“무영 공자께서도 파훼만 하지 말고 보법을 만들어보시는 겁니다. 이른바 창조란 말입죠. 창조, 어쩐지 설렘을 주는 단어 아니겠습니까?”

소노의 말에 무영의 표정이 조금 틀어졌다.

“설렘을 주는 단어… 라고 했나요?”

“그렇습니다. 왜요? 혹시 다른 이름이 떠오르십니까? 가령 단목이라든지…….”

짓궂은 농담에도 무영의 얼굴은 굳은 상태 그대로였기에 머쓱해진 소노가 입맛을 다셨다.

“쓸데없는 농담으로 심기가 불편해지셨다면 용서해 주십시오, 공자님.”

“아니에요. 불편하기는 무슨.”

정말로 아무것도 아닌 척하면서 몸을 돌린 무영이 눈을 감았다.

소노,

내게는 말이에요, 이런 단어가 있어요.

지금껏 단 한 번도 뱉어보지 못했던 단어가.

매일매일 생각하지만 결코 토할 수 없는 단어 하나가.

떠올리는 것만으로도 가슴이 벅차오르는 말 하나가 있답
니다.

그건…….

감았던 눈을 뜨며 무영이 햇살 아래에 섰다.

"정말로 보법 하나 만들어볼까요?"

第三章
전설의 이름, 궁신탄영(弓身彈影)！

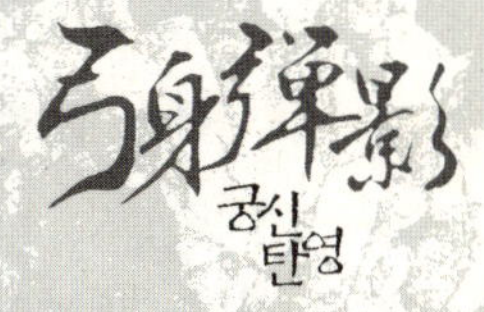

호기로운 무영의 외침에 소노가 환하게 웃었다.

"좋지요! 이름은 비질을 하면서 바라보는 햇살[掃地觀陽]으로 하십시다요!"

"오오, 소지관양! 그것 좋군요!"

장난스럽게 답하며 무영이 양팔을 벌려 햇살을 가득 담았다.

갈라지면 어떻고 동그라면 또 어떤가? 이렇게 따사로운 손길로 나뭇잎을 어루만지고, 대지를 감싸고, 그러다 남는 손길이라도 있을라치면 불쌍한 영혼들을 달래주면 된다.

지금처럼.

"행복이 뭐 별거예요? 적으면 채워 넣고, 없으면 만들면 되지요!"

"암요. 행복이라는 단어를 떠올리는 순간부터 공자님의 마음에는 그것이 깃든 겁니다. 의지가 없으면 행복도 따라오지 않는 법이니까요."

소노가 빙긋 웃자 무영도 따라 웃었다.

멍청할 정도로 낙천적인 말이지만 때로는 이렇게 어리석은 자기최면도 필요하다. 특히나 절망의 밑바닥에서 기어오르려면 최소한의 여유 정도는 간직해야만 한다.

아무리 적은 양이라도.

"그럼 한번 가볼까요?"

심상만으로 보법을 만들어낸다면 그 사람은 천재다. 아무런 준비 없이 느낌 하나로 무학을 창안한다는 말인데, 일반적으로 그건 말이 되지 않는다.

하지만 가끔은 말도 안 되는 일이 벌어지곤 한다.

지금처럼.

따사로운 햇살을 마음껏 음미하던 무영이 슬쩍 발을 들었다.

'언젠가의 초겨울 새벽, 얇은 겉옷 하나만 걸친 소노가 부스스한 얼굴로 비질을 하다 옷 사이로 파고드는 바람에 부르르 몸을 떨었겠지. 그때 나뭇잎 사이를 비집고 들어오는 양광. 따사롭기 그지없는 빛의 품이 눈에 들어오는 거야[掃

地觀陽].’

　나뭇잎 사이사이로 칸칸이 내려서는 햇살을 바삐 오가던 무영이 발끝을 툭 찼다.

　파라락!

　물 흐르듯 유연하게 움직이던 무영이 내리쬐는 햇살 사이사이로 모습을 드러내자 소노가 빗자루로 바닥을 치며 감탄했다.

　“오오, 훌륭합니다! 동에 번쩍, 서에 번쩍! 눈으로 좇기에도 버겁습니다그려!”

　하지만 무영의 움직임은 여기서 끝이 아니었다.

　‘그러나 청소를 마저 해야 하기에 옷깃을 추스르고 비를 들던 소노가 탄식처럼 한숨을 내쉬겠지.’

　소노의 고향은 따뜻한 광동성이라고 했다. 그렇기에 여름에는 덥지만 겨울에는 쌀쌀한 이곳 사천의 기후에 적응하기 어려웠으리라.

　파박!

　다시 한 번 솟구친 무영이 두 번째 변화를 꾀했다.

　‘머나먼 타향살이. 아침의 햇살처럼 좋은 일도, 비 오는 날 습기처럼 궂은일도 있었지만 하루하루 최선을 다했기에 후회는 남기지 않은 인생. 그렇지만 마음 한구석을 차지하는 허무함은 아무리 쓸어내도 거짓말처럼 다시 차오르네[虛掃再滿].’

　스르륵—

그가 장내를 휩쓸고 지나가자 수많은 잔상으로 주위가 어지러워졌지만 그림자와 같은 형체들이 시간의 흐름에 따라 하나씩 지워져 간다 싶은 순간!

척.

분명 발을 멈춘 무영인데 지워지는 잔상들 위로 또 다른 그림자들이 덧씌워져 어느 것이 전의 형태이고 어느 것이 나중인지 알 길이 없었다.

"이럴 수가! 공자님이 시공을 초월하시다니!"

후발선착(後發先着)이라고 했다. 나중에 시작된 결과물이 앞선 것보다 먼저 도달한다는 뜻인데, 무학으로 대입시킨다면 거의 불가능에 가까운 이론이라고 할 수 있다.

그렇지만 지금 무영은 분명히 후발선착, 즉 나중에 비롯된 잔상으로 먼저의 그림자들을 뒤덮었다. 어떤 묘리가 담겨 있는지 모르지만 이론적으로 어렵다는 상념을 훌륭하게 표현해 낸 것이다.

"정말이지, 대단합니다!"

소노의 놀람이 채 가시지 않았는데 흥취가 인 무영이 세 번째의 심상을 풀어내기 위해 숨을 가다듬었다.

'따사롭기 그지없는 고향, 고향의 친구들과 식구들, 이제는 무엇을 하며 지낼까? 찾아가고 싶지만 쇠약해진 육신은 마음과 달라, 빗자루 놓고 하염없이 고향을 그릴 뿐[放掃望鄕].'

뚜— 욱!

밀가루 반죽처럼 길게 늘어난 무영의 신형이 다른 곳에 떨어지자 놀랍게도 그는 두 명의 무영으로 완벽하게 분열했다.

단 한 번의 변화. 다변의 극이라는 환(幻)에는 한참을 못 미치고, 그 아래라는 변(變)이라고 부르기에도 민망한 화신(化身)이었지만 너무나 뚜렷한 실체였기에 사람이 불러온 변환이라고는 도무지 믿을 수 없을 지경이었다.

"분명 공자님은 한 분이지만 동시에 두 군데를 점유하셨다… 아니, 두 분이셨어."

무엇에라도 홀린 것처럼 소노가 중얼거리는데, 화신을 지워 버린 무영이 썩 좋지 않은 표정을 지으며 평평한 바위에 앉았다.

"이게 아닌데……."

"그게 무슨 말씀입니까? 저는 오늘 두터운 장막에 가려진 천재의 신명나는 춤사위를 마음껏 구경하는 영광을 누렸습니다!"

"천재는 무슨, 저거 다 그냥 베낀 수준이에요."

"베꼈다고요? 아니, 이런 독창적인 보법은 난생처음인데 무얼 어떻게 베끼셨다는 겁니까?"

"전혀 독창적이지 않았어요."

피식 웃으며 무영이 손을 내저었다.

"우선 처음에 펼쳤던 소지관양은 형산 사람들이 보면 대번에 풍취산의 아류라고 놀릴 만큼 닮았지요. 다변까지는 성공

했지만 심상만큼의 무한 변화는 이루지 못했거든요."

소지관양은 소노의 시선을 중심으로 만들어본 보법이다.
나뭇잎을 비집고 들어오는 햇살, 셀 수 없으리만치 많은 빛의
줄기를 따라 한 마리 나비처럼 유영하고픈 그의 바람을 담아
내려 했다.

하지만 온전한 형태를 이끌어내지 못했다. 소노의 바람은
나비였을지 모르나 그가 그려낸 내용물은 어디까지나 바람에
취한 도사의 발걸음이었다.

잔상을 만들어야 할 사람이 오히려 풍취산이라는 기억의
잔상에 얽매였다고 할까?

"그리고 허소재만, 쓸어내도 쓸어내도 다시 차오르는 허무
를 표현해 보고자 노력했지만 결국은 화산의 시무시종(始無
始終)과 매우 비슷한 양상을 보였어요. 후발선착이라는 무리
를 너무 평면적으로 받아들였나 봐요."

무영의 말대로 허소재만은 결국 화산파의 고차원적인 무
리, 시무시종에서 자유로울 수 없었다. 후발선착하면 누구나
떠올리는 무학 이론이 시무시종이니 그 어떤 무학도 시무시
종의 아류라고 할 수는 있겠지만 무영의 생각은 달랐다.

후발선착은 어디까지나 골격일 뿐이고 덧씌우는 재료에
따라 충분히 다른 질감을 보이는 것이 가능하다고 생각했던
거다.

뭐, 결과는 그리 신통치 않았지만.

"마지막으로 야심차게 펼친 방소망향, 이건 뭐, 변명거리가 없어요. 그냥 무당의 양의문(兩儀紋)을 두 발로 구체화한 결과물이니까. 나름대로 고향을 그리는 소노의 마음을 표현해 보려 했지만 뭔가 어정쩡한 놈이 되어버렸네요."

엄밀하게 규정짓자면 양의문도 보법이 아니다. 무당을 대표하는 고차원적인 무리 가운데 하나가 바로 양의문이다.

태극에서 갈라져 나온 음과 양, 하늘과 땅[兩儀]을 마음에 새겨 넣는다는 다소 난해한 무학 이론이 바로 양의문인데, 이것을 깨닫지 못하면 무당의 최고 검공 무극시생태극변(無極始生太極變)은 요원한 길이라고 했다.

무영이 고개를 설레설레 젓자 소노가 입을 떡 벌렸다.

"세상에, 지금 공자님이 어떤 일을 하셨는지 아십니까? 비록 전륜혈겁으로 세가 약해졌다지만 여전히 무림의 태두로 군림하는 무당과 화산, 그리고 형산의 무학을 다른 형태로 조합하신 겁니다!"

"따라 하는 정도야 누구나 할 수 있어요. 창조적 발상이 담겨 있지 않은 무학은 그저 모방일 뿐이에요."

시무룩한 음성으로 무영이 중얼거리자 그 점만큼은 동의하는지 소노가 콧김을 뿜었다.

"맞는 말씀입니다. 그런 면에서 공자님이 간과하신 부분이 있습니다."

"간과한 부분?"

"공자님께서 이 늙은이를 본보기로 세 가지 보법을 만드셨다고 하셨지요? 예, 참으로 감사합니다만 저를 조금은 잘못 이해하신 것 같습니다. 가령……."

허리를 콩콩 두드리며 소노가 햇살 아래에 섰다.

"초겨울 새벽, 비질을 하다 옷 사이로 파고드는 바람에 움츠러들던 제가 따사롭기 그지없는 빛의 기둥을 물끄러미 본다고 하셨잖습니까?"

"그랬지요."

"과연 그럴까요?"

인자한 미소를 머금은 소노가 비질을 시작했다.

"햇살이 비추는 곳에만 낙엽이 떨어진다면 얼마나 좋겠습니까? 하지만 야속하게도 요 녀석들은……."

커다란 낙엽 하나를 빗자루로 밀어내며 소노가 바삐 움직였다.

"고삐 풀린 말처럼 아무 곳에나 둥지를 틀지요. 해서 양광을 응시하던 제 눈길은 자연스레 쓸어내야 할 대상에게로 옮겨가게 된다 이 말씀입니다."

쿠— 웅!

무영의 가슴에 거대한 무엇이 내려앉았다.

평면적이었다. 지극히 건조한 시선으로 상념을 이끌어냈다. 사물은 움직이지 않지만 사람은 살아 움직이는, 말 그대로 생물이라는 사실을 망각한 채 그저 한 폭의 그림을 그렸던 거다.

생기라곤 조금도 없는 형상을.

'맞아, 소노에게 양광은 하루를 알리는 신호였던 거야.'

정말로 소노였다면 추위 때문에 옷깃이나 여미고 하염없이 양광을 바라볼 리가 없다. 아무리 추워도, 아무리 더운 날이라도 그는 자신보다 먼저 일어나 연무장처럼 쓰이는 삼 장의 공간을 깨끗이 청소할 것이다.

미처 치우지 못한 나뭇잎이 바윗부리를 가릴지 몰라 그는 단 한 장의 낙엽도 남기지 않고 쓸어낼 터였다.

행여 자신이 걸려 넘어질까 두려워서.

스르륵―

마음이 동하면 자연스레 몸도 움직인다던가?

이번에는 물이 아니었다. 아니, 물은 물이되 용암처럼 솟구쳤다가 포말처럼 부서지는 해일처럼 그의 움직임은 거침이 없었고, 또 자연스러웠다.

그래서일까. 내리쬐는 햇볕 사이로만 모습을 드러내던 무영이었는데 이번에는 햇살과 햇살의 빈틈마저 비집고 들어섰기에 장내의 모든 방위는 그가 점유하는 형국이 되었다.

그렇게 소지관양의 부족한 부분이 메워지고 있었지만 이를 의식하지 못한 소노는 연신 흥얼거리며 비질에 여념이 없었다.

"또… 타향살이에 마음 한구석을 차지하는 허무함은 아무리 쓸어내도 거짓말처럼 다시 차오른다고 하셨지요? 그런데 말입니다, 최선을 다했기에 후회없는 삶이라고 하시면서 어찌 허무를 말씀하십니까? 허무는 후회하는 사람에게나 찾아오는 법인데?"

멈칫!

순간 무영이 멈춰 섰다.

"이 늙은이는 허무하지 않습니다. 애초부터 허무하지 않은데 어찌 빈자리가 생길 것이며, 어찌 채우겠습니까?"

그 말과 함께 무영의 콧속으로 끈적끈적한 땀 냄새가 밀어닥쳤다.

텁텁하고 눅눅해서 매끄러운 맛은 없지만 그만큼 진솔하고, 그만큼 정직한 땀방울이 기화되면서 남기는 삶의 흔적이었기에 무영이 크게 숨을 들이켜 다시금 소노가 두른 나이테를 음미했다.

스팟!

꽁꽁 얼어붙은 강물을 지치고 노는 아이들처럼 그가 지면을 스치고 지나가자 사방은 무영이 남긴 잔상과 족적으로 어지러워졌으나, 다시 그가 발을 놀리자 흔적들은 씻은 듯 사라졌다.

얼핏 보면 처음의 허소재만보다도 못한 움직임. 최소한 허소재만은 후발선착이라는 묘리라도 살렸지만 이번의 보법은 이도저도 아닌 밋밋한 것이 되었다.

얼핏 보면,

스르륵—

계속되고 있다!

분명 잔상을 남기고 그것을 다시 지웠기에 아무것도 남지 않아야 하거늘 지워진 자리에 여전히 잔상이 남아 꿈틀거리고 있었다.

그렇다면 무영은 잔상을 지우지 않은 걸까?

척!

그가 발을 멈추자 흔들거리던 잔상들이 그제야 하나씩 사라졌는데, 제일 먼저 만들어낸 녀석이 아니라 가장 나중에 모습을 드러낸 잔상부터 지워졌다.

상식적으로 이건 말이 안 되는 현상.

그리고 무영이 중얼거렸다.

"마지막이란 시작이 존재해야만 가능하지."

시무여무종! 화산을 대표하는 전대의 검객 가운데 한 사람이 완성시켰다는 시무시종의 완성형!

시작이 없었으니 끝도 없고, 끝이 없으니 시작 자체가 존재할 수 없다는, 도가 사상과 불가 사상의 결합이 만들어낸 고차원적인 무리가 무영의 발을 빌어 실타래 풀어지듯 펼쳐졌다.

기경할 움직임이라고밖에 표현할 수 없는 보법. 그러나 소노는 눈길조차 주지 않고 비 맞은 중마냥 주절거릴 뿐이었다.

"고향이라……. 예, 좋지요, 고향. 이제는 늙었을 죽마고우도 보고 싶고, 식구들도 만나고픈 마음이 종종 들기는 합니다. 하지만 찾지 않는 이유는 아직 제가 이곳에서 할 일이 남았기 때문이지요. 늙고 병든 몸뚱이로도 마음만 먹는다면 거동하겠지만 아직 때가 아니라서 움직이지 않는 겁니다."

'아아…….'

또 평면적이었다. 어찌 이리도 단순하게만 바라보았을까.

고향을 그리는 건 인지상정이지만 열패감에 젖은, 그런 나약한 감상의 발로가 아니었다는 거다. 아직은 때가 아니기에 움직이지 않는다는 주체적인 의식으로 소노는 때를 기다리는 거다.

귀향의 순간을.

쭈ㅡ욱!

방소망향인가? 처음의 그것처럼 무영의 신형은 엿가락처럼 늘어나 또 다른 곳에 자신을 만들었지만 소노는 자기만의 세상에 빠졌는지 하늘가를 보며 잔잔한 미소를 머금었다.

"비록 육신은 이곳에서 비질이나 하는 신세라지만 한없이 자유로운 마음으로 어딘들 가지 못하겠습니까? 산 넘어 천 리 길도, 물 건너 만 리 길도 문제가 아니지요. 저는 하루에도 수천 번, 아니, 수만 번 고향을 다녀온답니다."

사삭!

그 말에 자극받았는지 다른 하나를 만들어내려던 무영이

얼른 신형을 거둬들였다.

쿵!

착시현상인가? 분명 분신을 회수했는데도 또 다른 무영은 그 자리에 존재했다.

아니, 존재하지 않았다. 아니, 존재했다. 아니…….

원신과 분신의 경계가 무너진다!

그저 뚜렷하게 둘이었던 방소망향과 달리 지금의 무영은 처음과 나중의 구분마저 불가능했다. 어느 것이 먼저 사라져도, 어느 것이 나중에 소멸된다 해도 이상하지 않을 정도로 그가 만들어낸 분신은 완벽한 것이었다.

"후우……."

다시 하나가 된 무영이 숨을 가다듬는데 여전히 혼자만의 세상을 즐기던 소노가 화들짝 놀라며 돌아섰다.

"아이고, 또 이 늙은이가 주책을… 음?"

금방 쓸어서 깨끗했던 바닥을 엉망으로 만들어 버린 족적들, 그리고 가쁜 숨을 쉬는 무영.

"무슨 일… 있었습니까?"

"일이요?"

바닥에 척 주저앉으며 무영이 웃었다.

"있었지요."

기이하게 웃는 무영의 미소에 회가 동했는지 소노가 비질을 그만두고 다가와 앉았다.

　"뭡니까? 무슨 일이었는데요? 이 늙은이도 좀 알려주세요!"

　눈을 반짝반짝 빛내며 다가서는 소노가 부담스러워서 슬그머니 몸을 튼 무영이 손을 저었다.

　"대단치도 않은 일이었어요. 뭘 그리 궁금해해요?"

　"아니죠! 이 늙은이를 속일 수는 없습니다. 공자님의 웃음에는 많은 의미가 담겨 있었거든요, 아주 많은 의미가."

　"의미는 무슨."

　무영이 피식 웃었지만 소노는 집요했다.

　"그러지 말고 얘기해 주세요. 궁금함을 이기지 못하고 불쌍한 늙은이가 말라죽는 걸 보고 싶으세요?"

　"정말 대단한 일이 아니었는데……."

　머리를 벅벅 긁은 무영이 겸연쩍게 입을 열었다.

　"그러니까, 에, 그게……."

　말미를 늘어뜨리던 그가 쑥스러운지 빠르게 중얼거렸다.

　"잠시 동안 소노가 되었어요."

　"예? 저요? 이런 보잘것없는 늙은이가 되어보셨다고요?"

　"아주 잠시 동안이었다니까요. 그리고 소노가 보잘것없다면 저 같은 사람은 당장 접시 물에 코를 박고 죽어야겠네요."

　"그게 무슨 말씀이신지……."

　소노가 더듬거리자 물빛처럼 희미한 미소를 머금은 무영이 발뒤꿈치로 땅을 툭툭 찼다.

"소노는 주체적인 사람이에요. 어떤 일이든 긍정적으로 받아들이고, 뚜렷한 주관하에 능동적으로 처리한단 말이지요. 정말로 부러워요."

"허허."

칭찬 마다할 사람 없다. 뒷머리를 긁으며 소노가 웃자 무영이 탄식했다.

"그런데 나라는 사람은 멋대로 소노를 판단하는 우를 범했어요. 자신이 주체적이지 못하다고 타인까지 그러리라는 법은 없는데."

"무슨 말씀입니까, 공자님이 주체적이지 못하다니요? 어느 놈이 그래요? 어떤 후레자식이 그런 소리를 하느냔 말입니다!"

바보처럼 웃던 소노가 정색을 하고 대들자 무영이 고개를 저었다.

"잘 알잖아요. 나라는 사람에게는 선택권 자체가 주어지지 않았다는 걸. 가주님의 지시가 떨어지면 주어진 보법 파훼하고, 일정한 숫자에 도달하면 보상을 받고… 이렇게 끌려 다니는 인생이 어디 있겠어요?"

무영의 자조에 소노도 착잡한 얼굴이 되었다.

일리가 있는 자기 비하였고, 이런 경우에 어쭙잖은 말이나 행동으로 슬픔을 나누려 들었다간 도리어 괴로움이 몇 배 가중된다는 것을 잘 알고 있었으니까.

"뭐, 공자님의 형편이 좋지 않다는 건 누구도 부정하기 어렵지요. 그건 사실이니까요. 하지만 방금 전에도 공자님이 말씀하신 것처럼 보법을 파훼하는 일과가 마냥 지겹기만 했다면, 수동적으로 끌려 다닌다고만 생각했다면 어떻게 여기까지 오셨겠습니까? 버얼써 나가떨어지셨을 걸요?"

그 말 또한 사실이라서 무영이 동의의 시선을 보냈다.

보법이 싫었다면 차라리 자결을 택했을지도 모른다. 그것 하나만큼은 스스로 결정할 수 있으니까. 하지만 보법과 친해지고 노는 일이 싫지만은 않았기에 여기까지 왔다.

다만 조금 더 주체적으로 보법과 놀았으면 하는 작은 바람이 가슴 한구석에 있다는 정도?

"글쎄요, 외람된 말이지만 공자께서는 충분히 주체적으로 보법을 대하시는 걸로 보입니다만?"

"내가 주체적으로 보법을 받아들인다고요? 에이, 그건 좀 아닌 것 같은데요?"

무영이 씁쓸한 미소를 띠자 소노가 양팔을 벌렸다.

"함께할 보법을 마음대로 고르지 못하신다는 점은 인정합니다. 그러나 대하는 마음가짐이 주체적이라면 선택권은 그리 큰 문제가 아니라고 생각하는데… 공자님 생각은 어떠신지요?"

"결국 선택권이 없는 거잖아요."

무영의 반문에 소노가 진중한 얼굴로 대답했다.

"과정일 뿐입니다."

"과정이요?"

"그렇습니다. 잠시 친해지고 다시 이별하는 모든 보법들은 공자님을 더욱 큰 사람으로 만들어낼 소소한 과정에 불과할 뿐이라는 거지요. 그러니 선택권이 무에 중요하겠습니까?"

말은 좋다. 하지만 당장 목숨이 오락가락하는 신세인데 큰 사람 타령은 무리다. 어쩌면 백 가지의 보법을 깨뜨리는 날, 자유를 얻을지도 모르는 날에 자신은 죽을 수도 있거늘.

무영이 앞날을 걱정하자 소노가 단호하게 손을 내저었다.

"쉽지는 않을 겁니다. 여러 사람들 앞에서 약조를 했기에 가주님도 무작정 공자님의 목숨을 취할 수는 없다는 거지요. 그래서 비무에 관한 언급을 하셨던 걸 테고."

"그렇다면 비무를 피하라는 건가요?"

"나중을 기약하시는 것이 순리라고 봅니다. 힘을 기르라는 말씀입지요. 십칠 년을 기다리셨는데 불과 몇 년을 참지 못하고 그 자리에서 패색이 짙은 도박을 벌일 이유는 없지 않습니까?"

"음……."

지극히 타당한 소노의 말에 무영도 고개를 끄덕임으로써 동의를 표했다.

"그런데 과정이라고 했잖아요?"

"그랬습죠."

“지난 십칠 년간 해온 모든 일이 과정이라고요?”

“바로 그겁니다.”

“십칠 년의 노력들이 그저 과정일 뿐이다. 뭐, 좋아요. 그렇다고 쳐요. 하면 무엇을 위한 과정이라는 말인가요?”

백 가지의 보법이다. 그리고 요즘 깨뜨리는 것들은 일류가 아닌 것이 없다. 또한 아흔한 번째부터의 보법은 그 유명한 강호십대보법들일 거라고 벽승악은 말했다.

강호십대보법. 말 그대로 강호에서 가장 강력하면서도 현란한 열 가지의 보법. 한마디로 무림을 좌지우지한다는 사람들이 구사하는 보법을 일컫는다.

그런 십대보법마저 과정이라는 건가?

대체 무엇을 위해서?

무영의 어깨에 손을 얹은 소노가 떨리는 목소리로 말했다.

“천 년 역사를 자랑하는 강호에서 그 누구도 도달하지 못했던 꿈의 경지. 형태는 보법이지만 그 자체로 하나의 완성된 무학.”

눈을 빛내며 소노가 강조하듯 끊어서 입을 열었다.

“바로 궁신탄영입니다.”

“궁신… 탄영?”

조금은 어이가 없어서 무영이 눈살을 찌푸렸다.

궁신탄영이라면 몸을 활처럼 뒤로 젖혔다 튕기듯 쏘아져 나가는 움직임이다. 어중이떠중이들도 익힐 만한 하류의 무

학은 아니지만 극상승의 보법이라고 칭할 수도 없는 움직임
이란 말이다.

그런 궁신탄영이 꿈의 경지에다가 그 자체로 하나의 완성
된 무학이라니.

무영의 속마음을 눈치챘는지 소노가 머리를 주억거렸다.

"예, 뭐, 궁신탄영하면 움츠렸다가 뛰쳐나가는 움직임을
그리는 경우가 태반이지요. 하지만 진정한 궁신탄영은 이와
전혀 다르다고 하더군요."

"전혀 다르다고요?"

무영이 반문하자 소노가 그의 귀에 대고 속삭였다.

"저도 흘려들은 소리인데, 궁신탄영을 제대로만 펼친다면
천하에 그 누구도 받아내지 못할 가공할 무학으로 거듭난다
하더라고요."

"에이."

"에이, 가 아닙니다! 정말로 그렇다니까요."

"말도 안 돼요. 그냥 뛰쳐나가는 움직임이 무슨 천하제일
의 움직임이라는 말이에요?"

무영이 강하게 부정하자 소노가 진중한 음성으로 말했다.

"좋습니다. 오백 년 전의 기인이니 삼백 년 전에 천하를 떨
쳐 울렸던 제일검객의 증언까지 갈 것도 없이 우리 가주님의
증언을 그대로 옮긴 건데, 그래도 믿음이 가지 않습니까?"

"가주님이라고요? 분명 우리 벽씨세가의 가주님이 그리 말

씀하셨다고요?"

"물론입니다. 이 늙은이, 아직 치매기는 없으니까요."

벽승악의 말이란다. 육문과 함께 무림을 양분하는 칠가의 두 번째 가문을 통솔하는 사람이 그리 말했단다.

"정확히 뭐라고 하시던가요?"

이제야 호기심이 발동했는지 무영이 초롱초롱 눈을 빛내며 다가오자 소노가 목소리에 힘을 실었다.

"방금 전에 말씀드린 그대로입니다. 흔히 쓰이는 용도로서의 궁신탄영은 단순한 도약이지만 안으로 들어가면 천하제일의 움직임이 된다고 하더군요. 심지어 이형환위마저도 궁신탄영을 만나면 무용지물일 거라고 하시더라고요."

"이형환위까지?"

이 말이 사실이라면 궁신탄영은 실로 경악스러운 경공술이라고밖에 할 수 없다.

이형환위는 경공의 극점에 이른 움직임이니까. 너무도 빠르고 정확해서 잔상조차도 하나의 실물로 남는다는 경공술이 이형환위인데 이러한 움직임을 무력화시키는 움직임이라면?

'궁신탄영은 전설을 뛰어넘는 경공술이다!'

하지만 여전히 미심쩍은지라 무영이 눈살을 찌푸리는데 소노가 속삭이듯 말했다.

"그리고 이건 어떤 근거로 말씀하시는 건지는 모르지만……."

어쩐지 대단한 무엇이 터져 나올 것만 같아서 무영은 소노의 입을 주시했다.

"실질적으로 전륜혈겁을 막아낸 것은 천가가 아니라 궁신탄영이었다고 하셨지요."

쾅!

전륜혈겁을 궁신탄영이 제지했다!

"그게 무슨 말씀이에요? 가주님께서 정말로 그리 말씀하셨다고요? 누가, 어떻게 말이죠? 설마 천가에서 궁신탄영을 사용했다는 건가요?"

폭포수처럼 쏟아내는 무영의 질문에 소노가 손을 마구 저었다.

"아이고, 정신없습니다! 다른 건 모르겠지만 천가에는 궁신탄영이라는 보법이 없다고 들었지요."

"그렇다면……."

무영의 말을 소노가 차분하게 받았다.

"궁신탄영을 사용한 주체는 천가가 아닌 다른 사람, 또는 세력이겠지요."

무림의 역사가 송두리째 뒤흔들리고 있다.

백 년 전의 천하대란을 막은 것이 천가가 아니라 궁신탄영이라는 일개 보법이란 소리다. 대체 벽승악은 무엇을 근거로,

또는 누구에게 어떤 말을 들어서 이런 말을 내뱉는 걸까?

무영이 품은 생각을 눈치챘는지 소노가 입맛을 다셨다.

"근거를 대라고 하신다면 딱히 드릴 말은 없습니다. 그저 가주님이 허언을 입에 담는 분은 아니라는 정도가 다일까요?"

일리있다. 비록 인두겁을 쓴 냉혈한이지만 벽승악이라는 사람은 이런 허황된 얘기를 만들어낼 인물이 아니다. 또 만들 이유도 없고.

"듣기로 궁신탄영은 받아치기의 형식이라 했습니다. 공자님, 받아치기의 효율에 대해서 들어보셨습니까?"

"글쎄요……."

본의 아니게 목숨을 건 비무를 수도 없이 치렀던 무영이지만 정해진 틀 안에서만 움직여야 하는 경우였기에 실전이라고 볼 수는 없었던 상황.

받아치기를 알 리 없다.

"기본적으로 받아치기란 상대방의 공세를 흘리면서 마주 쳐내는 공격을 말합니다. 뭐, 이렇게 설명하면 일반적인 공격 같지만 받아치기는 특성상 상대방에게 일반 공격보다 더 큰 피해를 입힙니다."

소노가 손가락 세 개를 펴 들었다.

"세 배! 기존 공세의 세 배에 달하는 타격을 입는데 항우장사라도 어찌 버티겠습니까?"

"어떻게 그것이 가능하지요?"

무영의 물음에 소노가 노골적으로 얼버무렸다.

"자세한 사항은 공자님이 직접 겪으면서 체득하실 터이고, 아무튼 그게 중요한 것이 아니라 통상적인 받아치기도 그러한데 궁신탄영은 이를 초월하는 반격이라고들 하더군요."

"세 배보다 더하다면 대체 얼마나……."

소노가 잘라 말했다.

"일격필살. 상대가 누구라도 두 번의 공격이 필요없다더군요."

"그것이 궁신탄영……."

"궁신탄영이지요! 물론 이러한 반격이 가능하려면 상대방의 결정타를 예측할 수 있는 판단력과 적의 공격을 목전까지 기다렸다 피하는 배짱, 그리고 번개처럼 빠른 몸놀림을 지녀야 한다고 합니다. 또한 동물적인 감각, 이게 제일 중요한데요."

가뜩이나 어처구니없는 조건들을 나열해 놓고 또다시 하나를 추가하자니 스스로도 어이없어서 소노가 쓰게 웃었다.

"공기 중의 미세한 떨림까지 느낄 정도로 발달된 감각이 없다면 궁신탄영은 말 그대로 이론에 불과하답니다."

중언부언 소노가 떠들었지만 무영의 생각은 다른 곳으로 향했다.

'혹시 숙부님은 궁신탄영을 완성시키기 위해서 나를 실험

체로 삼는 건가?

충분히 가능한 얘기다. 벽승악은 지나칠 정도로 보법 하나에 매진하고 있었으니까. 경신술에 보이는 그의 관심은 집착이라는 말이 어울릴 정도로 집요했다.

무영의 착잡한 심정을 헤아렸을까, 소노가 말을 덧붙였다.

"지금까지 이러한 조건을 충족시킨 사람은 단 한 명도 없었습니다. 심지어 가주님도 말이지요. 하지만 공자님이라면 다릅니다. 공자님께서는……."

숨을 길게 들이마신 소노가 빠르게 말했다.

"세 번째의 눈을 지닌 분이니까요."

세 번째의 눈, 아마도 공감각을 말하나 보다.

"이 모두의 조건을 충족시키는 단 한 사람! 바로 무영 공자님만이 궁신탄영을 완성시키리라 믿어 의심치 않습니다!"

궁신탄영. 무림에 알려진 바와 전혀 다른 쓰임새의 보법, 아니, 무학. 이 위대한 이름은 강호에 전설처럼 각인된 무림인들의 염원이자 꿈이었지만 도달한 이는 아무도 없었다.

상대방의 움직임을 예상하고, 공세를 끝까지 지켜보다 한 치 차이로 피할 정도의 담력은 물론 생각과 동시에 반응하는 기민한 몸과 초월적인 감각까지 갖추어야 하는, 거의 불가능한 조건들.

'내가… 이 모든 조건을 충족시킨다는 건가?

무영이 주먹을 쥐자 소노가 무릎을 짚으며 일어섰다.

"아직은 부족한 부분이 많지만 공자님은 분명 이루실 겁니다."

빗자루를 힘주어 잡으며 소노가 단호하게 외쳤다.

"환상의 역습, 궁신탄영을!"

쿠— 웅!

가슴 한구석에서 파생된 떨림이 몸 전체로 퍼진다.

궁신탄영. 궁신탄영. 궁신탄영.

"만약 궁신탄영의 경지에 도달한다면 가주님도 나를 함부로 못 대할까요?"

"당연하지요! 궁신탄영은 그 자체로 절대의 이름! 가주님마저도 그토록 도달하고 싶어하는 경지이니 필설로 형용할 필요가 있겠습니까? 만약 궁신탄영을 완벽하게 펼치신다면 무림의 하늘이라는 천가마저 공자님을 두려워할 겁니다!"

부르르!

절로 떨리는 어깨.

처음이다, 이토록 뚜렷한 목표를 가져본 것이.

자유를 얻고 성을 되찾는다는, 그런 막연한 목적이 아니라 열정과 의지로 꿈을 꾸는 순간이 올 줄은 미처 몰랐다.

궁신탄영.

'반드시! 반드시 이루리라!'

어금니를 질근 깨문 무영이 탄력적으로 일어섰다.

"그런데 소노는 이런 얘기 어디서 들었어요?"

"명색이 벽씨세가 사람인데 이런 건 기본입지요. 비질을 하면서도 귀는 열어둔답니다."

"그렇군요."

고개를 끄덕인 무영이 하늘을 바라보았다.

오늘따라 유난히도 파란 하늘. 자신이 처음으로 불러보는 희망의 찬가처럼 투명할 정도로 파란 하늘.

손을 대면 금방이라도 흘러내릴 것만 같은 하늘이 너무나 마음에 들어 무영이 흥에 겨운 목소리로 말했다.

"딴청 부리느라 보지 못하던 눈치던데, 보법을 조금 보강해 봤어요."

"오오, 정말입니까? 한번 보여주세요."

"그럴까요?"

"제가 오늘 재미난 얘기도 들려 드리지 않았습니까? 그러니 어여 보여주세요."

"알았어요. 세상에 공짜는 없다고 했으니 보여 드릴게요. 참고로……."

무영이 장난스럽게 오른쪽 눈을 찡긋 감았다.

"소지관양, 허소재만, 방소망향으로 이루어지는 세 가지 보법을 합쳐서 소지삼보(掃地三步)라고 부를 거예요."

"소지삼보요? 조금 촌스럽지 않습니까?"

소노가 투덜거리자 무영이 어깨를 으쓱였다.

"뭐 어때요? 지은 사람 마음이지. 그리고……."

상큼 눈을 빛내며 무영이 발을 움직였다.

"직접 대하고도 촌스럽다는 말이 나올까요?"

파바박!

그가 현란한 발걸음으로 장내를 휘젓자 연신 감탄하던 소노의 눈에 짙은 우수가 걸렸다.

'절대 꺾이지 마십시오. 절대로 나약하게 굴복하지 마십시오. 무영 공자님은 반드시 이룰 것입니다. 전설의 궁신탄영을.'

두 사람의 웃음소리는 태양보다 찬란했고 파란 하늘보다 아름다웠다.

"자, 이게 소지관양을 발전시킨 포양보(抱陽步)예요. 아침 햇살을 가득 품고 하루를 시작하는 소노를 그렸지요."

"어이구, 창안한 지 얼마나 되었다고 벌써 발전까지 시켰다는 겁니까?"

"그뿐이 아니죠. 이건 허소재만을 보완한 충만보(充滿步)라고요. 마음만큼은 언제나 풍요로운 소노이기에 허전함 따위는 발붙일 곳이 없다는 뜻으로 만들어봤어요."

"뭐가 뭔지는 모르겠지만 충만하긴 합니다그려, 허허허!"

정신 사납게 돌아다니는 무영을 보며 소노가 웃었지만 눈가에 어린 경악은 숨길 수 없었다.

그의 움직임은 시작과 끝이 맞물려서 어느 것이 처음이고 어느 것이 나중인지 도통 알 길이 없었으니까.

"자, 이제 마지막으로 방소망향을 개비한 망향보(望鄕步)예
요. 당당하게 고향을 그리는 소노의 여유로운 모습을 나름대
로 묘사한 거지요."
　바삐 움직이는 무영의 입가에 연신 웃음기가 피어나왔고,
손뼉을 치며 환호하는 소노의 얼굴에도 함박꽃 같은 미소가
떠나지 않았다.

第四章
일인자와 이인자

감숙은 중원과 서역을 연결시켜 주는 통로와도 같은 지역이다. 그러다 보니 무위, 장예, 주천, 옥문, 돈황 같은 고대 비단길의 역사적인 도시가 많다.

감숙에 위치한 난주(蘭州).

비단길의 요충지로 유명한 도시이며 예로부터 서안, 몽골, 서장, 신강으로 가는 교통의 중심지로써 '서북(西北)의 노도(路道)'로 불리는 곳이다.

수당(隋唐) 시절 가장 부유하고 유명했으나 시대가 흐름에 따라 세인들의 관심에서 잊혀가던 이곳에 현 무림을 호령하는 칠가의 맏형 천가가 둥지를 틀자 천하는 다시 난주를 주목하게 된다.

천가는 총 여섯 개의 건물과 세 개의 정원, 그리고 두 개의 연못을 지닌 웅장한 외관과 달리 꽤나 검박한 살림살이로 세인들의 칭송을 받는 처지다.

천가의 가주가 집무를 보고 손님을 받는 천가전(天家展)만 해도 일체의 쓸데없는 장식품은 보이지 않았다. 오로지 벽에 걸린 산수화 한 점과 화병 몇 개가 전부일 정도로 단아했다.

가주가 앉은 의자마저 흔한 목재로 만들었기에 일견 품위가 없어 보였지만 앉는 사람이 누구냐에 따라 품격은 달라진다.

나뭇결마저도 제대로 맞추지 않아서 볼품없는 의자, 그러나 천가주 집무전의 문이 열리고 한 사람이 자리에 앉자 시골 장터에서 매매가 이루어질 법한 싸구려 의자는 당상관이 이용하는 최고급 교의(交椅)로 변모했다.

단지 존재만으로 사물의 가치를 뒤바꾸는 남자.

오십대 중반의 부리부리한 인상의 사내는 용처럼 빛나는 기상과 범처럼 날랜 근육을 넓은 상의에 가두었지만 풍기는 기품만으로 천하를 발아래에 둘 기세였다.

"들어오너라."

중년의 사내가 나지막이 명하자 문이 열리며 삼십대 초반의 남자가 들어섰다.

"천가의 소가주 천용군이 천가주를 뵈오!"

그렇다. 용과 같은 기상을 품은 이는 천하를 호령하는 천가의 가주 천가휘였다.

탁월한 무위와 인덕으로 백 년 전 전륜방의 횡포에 맞서 무림을 도탄에서 구했던 당시의 천가주 천외검신 천득성의 재림이라는 소리까지 듣는 인물.

"외인들도 없으니 말을 편하게 해도 좋다."

천가휘의 말에 잠시 주저하던 사내가 고개를 조아렸다.

"소자, 명 받들겠습니다."

천용군. 천가휘의 장자로서 문무를 겸전했다고 평가받는 동량.

호부 밑에 견자 없다고 했던가? 천용군의 무공은 이미 후기지수 사이에서 평가받는 급을 넘어섰다고들 하고, 혹자는 강호십대무왕의 반열까지 논하지만 지금까지 단 한 번도 실력을 발휘한 적은 없다.

부리부리한 눈으로 아들을 바라보던 천가휘가 앉으라고 손을 내밀자 천용군이 조심스레 의자를 뺐다.

"그래, 이번 칠포지회(七苞之會)는 벽씨세가에서 열기로 했다면서?"

"예, 순서가 그러하니 의당 벽씨세가로 해야겠지요."

칠포지회란 칠가의 자제들이 일 년에 한번 모여서 서로의 무학도 견주고 친목도 다지는 모임이다. 모임의 주최는 당연히 천가의 소가주가 맡지만 장소만큼은 모든 가문이 돌아가면서 여는 방식이다.

"벽씨세가라… 벽씨세가……."

팔걸이를 손가락으로 툭툭 두드리던 천가휘가 눈을 감았다.

"벽씨세가의 여식이 올해로 몇이지?"

"천가십약(天家十約)을 치른 지 칠 년이 지났으니 십칠 세라고 사료됩니다."

천가십약. 천가를 제외한 여섯 가문의 무학을 증진시키기 위해 각 가문의 대를 이을 자제가 열 살이 되면 천가로 와서 일 년 동안 무공을 배우는 절차를 말한다.

천가와 다른 육가의 무학이 너무 차이가 나서 고육지책으로써, 전설적인 천가주 천득성이 제안했던 것인데 벌써 백 년 가까이 유지된 것이다.

"십칠 세라면 슬슬 혼기가 다가오는군."

"글쎄요, 벽승악 가주는 아직 데릴사위를 들일 생각이 없어 보입니다."

"아직 데릴사위를 들일 생각이 없다……."

벽승악의 슬하에 아들이 있었다면 굳이 데릴사위를 들일 이유가 없겠지만 무남독녀인 벽산산 하나였기에 가법에 따라 어쩔 수 없이 데릴사위를 구해야만 하는 것이다.

그러나 벽승악은 벽산산을 아직 시집보내기 싫은지 여기

저기서 오는 혼처를 모두 마다하는 실정이었다.

"그럴 수도 있지, 그럴 수도……."

고개를 끄덕인 천가휘가 천용군더러 그만 나가보라고 일렀다.

드르륵—

집무전의 문이 닫히자마자 천가휘가 허공에 대고 물었다.

"암천일영!"

그의 부름을 받고 전신을 검은 천으로 두른 인영이 떨어져 내렸다.

"암천일영이 가주님을 뵈옵니다."

스스로 암천일영이라고 밝힌 인영이 무릎을 꿇고 부복하자 손을 내저으며 천가휘가 재차 물었다.

"허례는 됐다. 그래, 다른 세가들은 요즘 어떤고?"

"특별한 징후는 보이지 않습니다. 특별한 징후를 보일 만한 뱃심을 지닌 인물도 없는 실정입니다. 다만……."

암천일영이 말을 끌자 천가휘의 표정이 굳어졌다.

"또 승악에 관해서 말하고 싶은 건가?"

"다시 말씀드리지만 벽승악은 위험한 인물입니다."

"위험한 인물이라고? 네가 그를 저어하는 이유는 단지 육가 가운데 다른 마음을 품을, 그런 뱃심을 지닌 이가 승악밖에 없어서 하는 소리가 아니더냐?"

난주에서 단 한 걸음도 움직이지 않는다고 하여 난주부

동(蘭州不動)이라고도 불리는 천가휘인데 세상 돌아가는 것
은 누구보다도 정통하니, 역시 천가의 가주다운 통찰력이
라 하겠다.

"말씀하신 그대로입니다. 비록 지금은 특별한 동향이 없다
고는 하나 우리 천가의 백년대계에 방해가 될 이를 거명한다
면 벽승악이라는 이름을 최상에 둬야 할 것입니다."

"짜증나는군."

턱을 괴고 인상을 구기던 천가휘가 고개를 저었다.

"벌써 세 차례다. 너는 나와 승악의 관계를 알면서도 그런
보고를 무려 세 번이나 연이어 하는 것이냐?"

그의 질책에 암천일영이 기어들어 가는 목소리로 중얼거
렸다.

"물론 두 분의 사이를 모르지는 않지만 벽승악은 만만하게
볼 인물이 아닙니다. 그는 능히 육가를 통솔하고도 남을 배짱
을 지닌 사람입니다."

"특별한 동향이 없다면서 뱃심 하나로 그를 역린의 선봉에
둔다는 건 무리한 가정이라고 할 수밖에 없거늘. 암천일영,
정녕 네가 나를 능멸하고 싶은 게냐?!"

서슬 퍼런 천가휘의 호통에 울상이 되어버린 암천일영이
고개를 숙였다.

"저, 전혀 근거없는 보고만은 아닙니다. 어찌 제가 가주님
께 정황적인 것들만으로 이런 말씀을 올리겠습니까?"

"그래? 근거가 있어? 좋다, 그 잘나빠진 근거를 대봐라. 만약 나를 납득시키지 못한다면……."

죽는다.

누구보다 그 사실을 잘 알기에 암천일영이 숨을 들이켰다.

"벽씨세가의 가주 벽승악은 전국 각처의 경신공부에 관한 책을 모은다고 들었습니다."

그 말이 끝나자마자 천가휘가 벌떡 일어섰다.

"장난하자는 게냐!"

퍼— 억!

"쿠엑!!"

단지 소리를 질렀을 뿐인데 암천일영은 무려 일 장이나 날아가 바닥에 처박혔다.

벽승악이 선보였던 어기상인을 몇 배는 뛰어넘는 공부!

당시 벽승악은 내공이 일천한 무영을 대상으로 미약한 타격을 준 정도였지만, 천가휘는 암천일영이라는 일류고수를 소리만으로 항거불능의 상태까지 몰아넣은 거다.

"경신공부를 모으기 때문에 의심한다니?! 그야말로 빈약하기 짝이 없는 근거가 아니냐!!"

무림에 적을 둔 이라면 누구나 무학에 지대한 관심을 두는 법이다. 하물며 벽씨세가라는 거대 단체의 수장이라면 당연히 무공 증진에 힘쓸 수밖에 없다.

즉, 그는 일파의 수장으로서 지극히 타당한 행동을 한다는 소리다.

　또한 천가휘는 벽승악을 여타 가주들보다 각별하게 여기는 상황. 이런 판국에 그를 납득시키지 못한다면 끔찍한 결과를 초래할지도 모른다.

　그렇다고 여기서 말을 마친다면 더욱 커다란 질책이 내려올 터.

　몇 번의 각혈로 내상을 다스린 암천일영이 결심을 굳히고 조심스레 입을 열었다.

　"물론 가주님의 말씀은 옳습니다. 그러나 벽승악의 수집에는 조금 다른 면이 엿보입니다."

　"다르다?"

　칼날처럼 날카로운 반문에 마른침을 꿀꺽 삼킨 암천일영이 평정심을 유지하기 위해서 입술을 깨물었다.

　"외, 외람된 말씀을 하나 올리자면 들리는 정보를 종합해 볼 때 벽승악이 경신공부에 치중하는 이유가 단순히 무학을 증진시키기 위함이 아니라는 첩보가 들어왔습니다."

　일부러 반문의 여지를 남겼지만 천가휘가 무응답으로 받아쳤기에 더욱 긴장한 암천일영이 쥐어짜 내듯 말을 이어야만 했다.

　"그것은 바로 알 수 없는 무학 하나를 완성시키기 위해서라고 합니다."

　톡— 톡— 톡—

일정한 간격으로 팔걸이를 두드리던 천가휘의 손가락이 우뚝 멈췄다.

"알 수 없는 무학?"

"분명 그렇게 아뢰었습니다."

최대한 공손하게 대답을 하고 슬그머니 고개를 들어 천가휘의 반응을 살폈지만 천가의 수장은 어떠한 표정의 변화도 없었기에 암천일영이 눈을 내리감았다.

추정의 근거를 묻는다면, 독백처럼 중얼거린 벽승악의 말 한마디가 다였기에 난감한 상황.

돌부처라도 된 것처럼 굳었던 천가휘의 손가락이 다시 움직임을 보인 건 무려 반 시진이 지난 후였다.

톡― 톡― 톡―

"그래, 그래. 네가 그런 보고를 했다면 의당 이유가 있겠지. 또한 첨가하지 않는다면 아직 명확하지는 않다는 얘기일 테고."

꿀꺽―

저도 모르게 소리가 날 정도로 침을 넘긴 암천일영이 오체투지하며 소리쳤다.

"미욱한 수하를 벌하여 주십시오! 아직은 제대로 된 정보를 얻지 못했지만 한 달만 주시면 기필코 벽승악의 야욕을 낱낱이 밝혀내겠습니다!"

톡― 톡― 톡―

가타부타없이 천가휘는 팔걸이만 두드렸기에 암천일영의 속이 재가 될 무렵, 진중한 음성으로 천가의 수장이 입을 열었다.

"보름이다."

"예?"

말뜻을 헤아리지 못하고 잠시 어리둥절하던 암천일영이 곧 머리를 땅에 박았다.

"반드시 보름 안으로 보고를 드리겠습니다!"

몸을 떨며 소리치는 그를 차가운 시선으로 내려다보던 천가휘가 몸을 틀었다.

"나가봐."

"오늘 베풀어주신 은덕, 잊지 않겠습니다!"

암천일영이 사라지자 천가휘의 앞으로 두 개의 신형이 꺼지듯 나타났다.

"벽승악이라면 벽씨세가의 가주 맞습니까?"

모습을 드러낸 이들은 일남일녀였는데 두 사람 모두 백발이 성성했지만 피부만큼은 어린아이의 그것처럼 팽팽해서 도무지 나이를 가늠하기가 어려웠다.

"오시었소이까?"

천하를 호령한다는 천가휘마저 일어서서 포권을 올리는 사람들. 천가의 원로들일까?

먼저 입을 연 사람은 노인이었는데, 수리처럼 날카로운 눈

과 매부리코가 인상적이라서 섣불리 말을 붙이기 힘든 유형
의 인물로 보였다.

"일단 앉으시지요."

천가휘의 권유에 노인들이 자리에 앉았다.

"가주 벽승악이라는 자가 벽씨세가의 수장이 맞느냐고 묻
지 않습니까?"

조금 양보는 하지만 그렇다고 완전한 올림도 아니라서 노
인의 말은 이상한 모양새가 되었다. 하지만 이런 말투가 익숙
한지 천가휘는 신경을 쓰지 않는 눈치였다.

"문태상(文太常)의 말씀대로 벽승악은 벽씨세가의 가주요.
또한 칠가에서 두 번째 서열을 지닌 가문의 수장이기도 하
고."

"또한 가주와도 각별한 사이라고 들었습니다."

"그저 조금의 친분을 나누는 사이외다. 여타 바보들보다는
나아 보여서."

"하면 일인지하 만인지상의 권리를 누리는 인물이거늘, 어
찌 역심을 품는다는 겁니까?"

노인의 질문에 천가휘가 입을 열려는데 노파가 끼어들었
다.

파뿌리 같은 머리만 아니라면 삼십대의 아름다운 부인이
라고 해도 누구나 믿겠지만 머리만큼은 세월을 이기지 못했
다.

"문태상, 만인을 부리는 복록도 한 사람의 밑이라면 걷어 차고 싶은 족속들이 존재하는 법이요. 만약 벽승악이라는 자가 역심을 품었다면 천가의 권능을 제 것으로 하고픈 마음 아니겠소?"

노파가 정리하자 고개를 끄덕인 문태상이 심각한 표정으로 혀끝을 씹었다.

"벽승악이라는 자, 그 정도로 능력이 있습니까?"

문태상이 묻자 천가휘가 고소 지었다.

"육가의 수장은 절대로 천가를 거역하지 못한다는 것을 문태상께서도 잘 알지 않소이까? 다만 암천일영이 벽승악을 주시하는 이유는 그가 여타의 세가주들과는 다른 면을 보여서요."

"다른 면이라면?"

"그는 여타의 바보 같은 세가주들과는 격이 다른 인물이오. 한마디로 야망을 지닌 사람이라는 거지. 거기다 자신의 욕망을 숨길 줄도 안다오. 관후대협이라는 별호는 벽승악의 치밀함을 말해주는 증거라 할 수 있소이다."

천가휘의 설명에 무태모(武太母)가 살포시 인상을 구겼다.

"하면 당장에라도 치면 될 일 아니오! 백년대계가 무르익는 시점이거늘 어째서 그냥 두시는 게요?!"

"바로 그렇소이다."

무태모의 말에 동의하며 천가휘가 의자에서 몸을 세웠다.

"말씀대로 백년대계가 무르익기에 손을 대지 않는 거요. 단 한 사람의 아군이 절실한 이 순간에 명확한 증거도 없이 수족을 자르는 우를 범하라는 말이오?"

담담하지만 힘있는 천가휘의 음성은 장내를 통제하고도 남음이 있었지만 문태상을 설득시키기에는 부족했나 보다.

"이보시오, 가주."

"말씀하시오, 문태상."

"천려일실이라는 말도 한 번쯤은 되새겨 보십시오."

"흠……."

정곡을 찔린 천가휘가 자리에 앉아 다시 팔걸이를 두드리기 시작했다.

톡— 톡— 톡—

"그럼 우리는 이만 가보겠습니다."

"다음에는 좀 더 명확한 결과를 기대하겠소."

두 사람의 신형이 안개처럼 흐릿해지다 종국에는 사라지자 홀로 남겨진 천가휘가 팔걸이에서 손을 뗐다.

"알 수 없는 무학이라……."

세가의 발전을 위해서든 스스로의 도약을 위해서든, 그 어떤 이유를 가져다 붙이더라도 괜찮다. 무인으로서 끊임없이 자신을 발전시키는 건 당연하니까.

그러나 알 수 없는 무학을 완성시키기 위함이라면 얘기는 달라진다. 자신에게도 숨기는 정체불명의 무학이라면 천가의 그늘에서 벗어나려는 발로가 아니겠는가.

"승악, 네가 반란을 꿈꾼다고? 감히 네가?!"

나지막한 그의 목소리에 기이한 감정들이 섞여 있었다.

"드디어 백년대계가 발동하려는데 설마하니 네가 등을 보이겠다는 거냐?"

으르렁거리던 천가휘가 팔걸이를 주먹으로 쳤다.

"백야혈!"

"옙!"

하얀 옷의 사내들이 나타나자 천가휘가 신경질적으로 명했다.

"지금부터 벽씨세가의 일거수일투족을 살피도록 해라. 조금이라도 수상한 면이 보이면 즉시 보고해."

"존명!"

"그리고 아군더러 이렇게 전해라."

사내들에게 전음을 보낸 천가휘가 손을 내젓자 백야혈이라고 명명된 열다섯 명의 인물들이 자취를 감췄다.

이제는 정말 혼자라서일까. 천가휘가 천장을 응시하며 힘없이 뇌까렸다.

"아니겠지, 승악? 제발 아니길 바란다."

＊　　＊　　＊

벽씨세가는 간만에 분주했다.

칠 년 만에 돌아온 칠포지회의 준비 때문이었다. 명목은 후기지수들 간의 친목 도모라지만 천가를 제외한 육가 사이에는 은은한 경쟁 심리가 존재하기에 개최하는 세가는 조금이라도 성대한 잔치를 만들려 하는 것이다.

"떡이 부족하지 않겠나?"

"과일도 종류대로 준비해! 남만에서 특별히 주문한 녀석들은 아직 도착하지 않았나?"

"최고급 해산물이어야 한다! 조금이라도 신선도가 떨어지는 것들은 그냥 버려도 좋고, 거지들한테 적선해도 상관없다!"

분주하게 움직이는 사람들. 그 가운데 벽씨세가의 총관 염세극이 들어오는 물품을 일일이 확인하고 세가주 벽승악의 집무실로 걸음을 옮겼다.

"가주님, 총관 염세극입니다."

"들어오게."

언제나 중후한 음성이었지만 오늘따라 더욱 깊은 울림을 지닌 목소리라 염세극이 숨을 한번 몰아쉬고 집무실의 문을 열었다.

여러 서류와 책자를 번갈아 넘기던 벽승악이 염세극을 보고 앉을 것을 권하고 자신도 그의 앞에 자리했다.

"칠포지회가 열흘 앞으로 다가왔는데 준비는 차질없이 잘 진행되고 있는가?"

"각 소가주님의 취향에 맞추어 음식물을 반입했음은 물론, 개개인의 특징대로 숙소도 단장을 마친 상태입니다."

"음, 음."

고개를 끄덕인 벽승악이 염세극에게 다가섰다.

"자네 가문이 우리 세가의 총관 직을 맡은 것이 올해로 꼭 팔십 년이네. 알고 있나?"

"벌써 그렇게나 됐습니까? 삼 대째 이어진, 거의 천직과도 같은 일이라서 세월을 의식하지 않다 보니, 허허허."

염세극의 집안은 대대로 벽씨세가의 총관을 역임했다. 하나의 가문을 이 대에 걸쳐서 모셔도 대단하다는 소리가 나올 판인데 무려 삼 대라면 그의 말마따나 천직이라고 불러도 부족함이 없을 정도다.

"늘 고맙게 생각하네. 정말이지, 자네가 자랑스러워."

염세극의 어깨를 두드리던 벽승악이 은근하게 물었다.

"말했던 책은 구했나?"

"아, 그, 그게……."

염세극이 더듬거리자 순식간에 안면을 바꾼 벽승악이 고리눈을 떴다.

"구하지 못했다는 소리를 뱉지는 않겠지?"

모래처럼 건조한 음성. 단 한 점의 물기도 찾아볼 수 없는,

그런 사막의 울림에 염세극이 어깨를 움츠렸다.

언제나 이런 식이었다. 더없이 다정다감하다가도 원하는 대답이 나오지 않으면 그대로 돌변해서 매섭게 윽박지르기 일쑤였다.

"부디 양해를……. 강호십대보법록은 이전까지의 것들과 차원이 다르다는 사실은 가주님께서도 아시지 않습니까?"

"그래서 특별 경비까지 내렸지 않나?"

"돈 문제가 아닙니다."

양팔을 벌리며 염세극이 하소연했다.

"지금까지 수집했던 보법들은 문외불출의 비전이라 부를 수 없는 것이었지요. 그래서 얻기도 수월했던 겁니다. 하지만 강호십대보법은 다르지요. 이건 돈으로 어찌할 성질의 무학이 아닙니다."

그의 호소에 벽승악이 귀찮다는 듯 고개를 틀었다.

"하고픈 말이 뭔가, 염 총관?"

"그러니까… 시간을 조금만 더 주시면……."

"됐네, 됐어."

손을 저은 벽승악이 의자에서 일어서서 염세극의 앞에 섰다.

"내 다른 경로도 찾아볼 터이니 염 총관은 네 군데만 주력해 주게."

"네 군데라면……."

"사천의 아미와 청성파, 그리고 섬서의 종남파라면 괜찮겠지?"

벽승악이 입에 올린 문파들은 백 년 전, 전륜혈겁 당시 멸문을 당한 문파들이었다.

"존재하지 않은 문파들인데 어찌……."

"사람은 가도 서책은 남는 법이지. 인근을 뒤져 보게. 반드시 찾아낼 수 있을 거야."

어찌 보면 현존하는 문파보다 사라진 문파의 책을 구하기가 더 쉬울지도 모른다. 벽승악의 말처럼 사람은 없어진다고 해도 그들이 남긴 문화는 잔존하니까.

"그럼… 마지막은 어디입니까? 혹시 점창파는 아니겠지요?"

멸문당한 네 군데의 구파일방 가운데 마지막 문파가 점창이었기에 염세극이 그것을 거명했지만 당치 않다는 표정으로 벽승악이 고개를 저었다.

"설마 또 멸문당한 문파를 언급하겠는가?"

그의 대답에 염세극이 어리둥절한 표정을 짓자 벽승악이 빠르게 속삭였다.

"남은 하나는 천가일세."

쿵!

너무 놀라서일까? 염세극은 마치 유령을 대하듯 벽승악을 바라보았다.

"어, 어찌 천가를……!"

열병에 걸린 사람처럼 몸을 떠는 염세극을 외면하며 벽승악이 기이한 미소를 지었다.

"자네는 어차피 천가에 통하는 이들이 많지 않나? 그저 필사만 하고 제자리에 얌전히 가져다 놓으면 그만이야."

"그렇다고 천가를 거스를 수는 없습니다! 어찌 천가를 속이시려는 겁니까?"

"속이기는 뭘 속여? 잠시 빌려다 쓰는 거라니까."

"하지만 위험부담이 너무 큽니다! 그러다 들키기라도 한다면……."

염세극이 마구 손을 내젓자 벽승악이 권태로운 표정을 지었다.

"괜찮아, 괜찮아. 자네는 나와 천가휘 가주님의 사이를 몰라서 그러는 겐가?"

"아무리 가주님과 천가휘 가주님께서 호형호제하는 사이라지만 이건 다른 문제입니다!"

염세극이 부르짖자 벽승악이 단호한 어조로 말을 잘랐다.

"자네는 시키는 대로만 일을 추진하면 돼."

그의 박력에 눌린 염세극이 고개를 떨어뜨렸다.

"천가의 장서고가 비록 황궁비고만큼이나 넓다지만 그들은 매우 꼼꼼하다고 들었는데……."

여전히 푸념을 늘어놓는 염세극을 한심하다는 표정으로

보던 벽승악이 가슴을 탕탕 쳤다.

"만약 일이 틀어지면 내가 모든 책임을 지겠네. 됐나?"

"그래도……."

"이만 나가보게. 할 일이 많을 게야."

벽승악의 명에 염세극이 떨어지지 않는 발걸음을 겨우 옮겨 방문을 열다가 문득 고개를 돌렸다.

"그런데 가주님."

"또 뭔가?"

노골적으로 귀찮아하는 벽승악의 태도에 기가 죽었지만 염세극은 침을 한번 삼키고 말했다.

"그놈은 어디다 치우실 겁니까?"

"그놈을 치워? 그 무슨 소리인가?"

뚱한 벽승악의 답에 염세극이 머리를 긁었다.

"설마 가주님께서는 칠포지회가 열린다는 사실을 잊으신 건 아닌지……."

"헛소리하고 싶으면 어서 나가게."

벽승악이 더없이 한심하다는 표정을 짓자 염세극이 부연 설명했다.

"그러니까… 그게… 팔 년 전의 칠포지회는 풍광이 좋다는 이유로 동정호 인근의 장원에서 열었지 않습니까?"

"그랬지."

"하지만 이번에는 다르단 말이지요. 세가를 공개해야 하는 처지라는 겁니다."

"그런데?"

타박타박 대답하는 벽승악이 얄미웠는지 염세극이 소리를
조금 높였다.

"죄인의 자식 놈은 어쩌시려는 겁니까?!"

염세극의 말대로 벽씨세가를 공개하게 된다면 무영의 존
재가 노출될 수 있다. 만일 그의 신분이 밝혀진다면 어떤 이
유를 들이밀어도 벽씨세가는 비난을 면키 어려울 터.

이제 스물이 갓 지난 청년을 짐승처럼 묶어 사육한다고 손
가락질 당할 테니까.

"금지라고 해봐야 천가의 자제라면 무시할 것이고, 또한
단목 소저의 경우처럼 본의 아니게 죄인의 자식을 발견할 수
도 있다는 겁니다! 설마… 잊고 계셨던 건 아닌지……."

"흠! 잊고 있었군. 까맣게 잊어버리고 있었어."

너무도 태연한 대답에 염세극이 탄식을 터뜨리는데 나른
하던 분위기를 벗어던지고 매처럼 눈을 빛내던 벽승악이 턱
을 문질렀다.

"이걸 어쩐다? 사슬을 끊을 수도 없고, 그렇다고 경비를 세
운다면 더욱 의심할 테고……."

고심하던 그가 사이한 미소를 지었다.

"아하, 그 방법이 좋겠군!"

키득키득 웃은 벽승악이 밖에 대고 소리쳤다.

"곡천을 들라 하라!"

잠시 후, 의원 차림의 노인이 방에 들어섰다.

"세가에서 개발한 부스럼 약, 지금 가지고 있나?"

"잠시만 기다리십시오."

세가의 의국을 책임지는 노인, 곡천이 허리에 두른 약재를 뒤지다 물었다.

"어떤 걸로 드릴깝쇼?"

"최대한 강한 걸로 부탁하네. 멀쩡한 생살을 짓무르게 할 정도로 강해야만 해."

"갑자기 그것은 왜……."

부릅!

벽승악이 눈을 빛내자 서둘러 약재를 건넨 곡천이 고개를 숙이며 뒤로 사라지자 벽승악이 염세극에게 그것을 건넸다.

"먹여. 무슨 방법을 써도 좋으니 놈에게 처먹이라고. 전부 다 말이야!"

"아니, 이건 종기나 물집이 잡혔을 때 억지로 살을 짓무르게 하는 약재로 아는데……."

"지금 토를 다는가?"

살벌한 음성으로 벽승악이 말하자 염세극이 탄식했다.

'정말로 독한 사람이로구나. 이걸 먹으면 얼굴부터 시작해서 연한 피부는 모두 헐 텐데…….'

아무리 표독스러운 인간이라도 가끔은 측은지심이라는 것

이 생겨날 법도 한데 벽승악에게는 도통 그러한 인간적인 면모를 발견하지 못해서 염세극이 필요없는 말을 토했다.

"차라리 그냥 죽여 버리지 그러십니까? 어차피 원로들도 이제는 반발을 못할 텐데……."

뱀처럼 차가운 눈으로 염세극을 바라보던 벽승악이 그의 말을 자르며 툭 내뱉었다.

"혹시 자네, 가주 자리가 탐나나?"

"아, 아니, 그 무슨 말씀을……."

"뭐가 아니야? 욕심을 이기지 못하고 이런 망발을 멋대로 지껄이는 것 아닌가?"

나른한 추궁. 하지만 이럴 때야말로 위기다.

"주, 죽을죄를 지었습니다! 넓은 마음으로 한 번만 용서해 주십시오!"

그가 바닥에 마구 머리를 찧자 파리 쫓듯 벽승악이 손을 내저었다.

"됐어! 나가봐!"

"가, 감사합니다!"

"그리고 소노더러 집무실로 속히 오라고 전하고."

"옛!"

염세극이 벌떡 일어서서 방문을 닫고 나가자 벽승악이 혀를 찼다.

"답답한 사람."

천천히 좌정한 벽승악의 얼굴이 딱딱하게 굳었다.

"천가를 속인다. 속이는 것 맞지. 언제까지 이렇게 살 수는 없으니까."

그가 탁자 밑에서 커다란 목함을 꺼내 탁자에 올렸다.

딸각—

청아한 소리와 함께 열린 목함 안에는 빛바랜 책자들이 들어 있었다.

"이것들, 이것들이야말로……."

묘한 열기, 아니, 열기를 넘어서 광기에 가까운 기세를 뿌리며 벽승악이 책자들을 집어 들었다.

"화산의 창궁무진보, 무당의 천원무극해, 그리고 소림의 금강부동신법……."

쿠쿵!

그가 열거하는 보법들은 하나같이 오파일방의 극상승 보법들이다. 자파에서 자랑하는 최고의 보법들이라는 거다.

대체 어떤 경로로 벽씨세가에 오파일방의 최강 보법들이 흘러들어 온 것일까?

"이것들에 남은 세 가지만 결합한다면 궁신탄영의 초석으로 삼기에 충분하지. 암, 충분하고말고."

나지막이 중얼거리던 벽승악이 키득키득 웃었다.

"왕후장상의 씨가 따로 있나? 말도 안 되는 소리지."

목함을 닫은 벽승악이 두리번거리다 그것을 책상 안쪽에

갈무리했다.

"천가야, 우리가 순한 양처럼 구는 건 어디까지나 힘이 없어서, 가진 것이 적어서일 뿐이다. 동일선상에서 출발했다면 우리 벽씨세가가 너희보다 못할 게 무엇이더냐?"

호랑이처럼 으르렁대던 벽승악이 결의에 찬 얼굴로 탁자를 내려쳤다.

"주인에게 꼬리치는 개처럼 알랑거리다 떡고물이나 얻어먹던 벽씨세가는 더 이상 없다!!"

第五章
또 하나의 인연

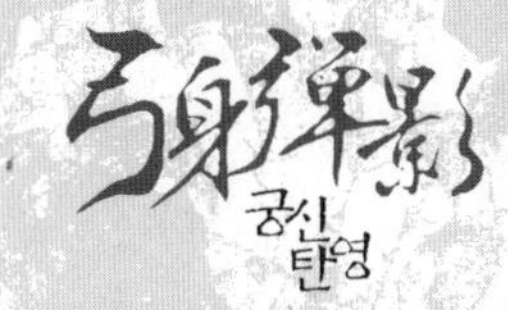

　아흔 번째의 보법은 의외로 애를 먹었지만 공감각이라는 특별한 능력을 발휘할 필요까지는 없었다.

　솔직히 무영은 아직까지 공감각을 통제하지 못하는 형편이라서 필요할 때 꺼내 쓸 수 있는 경지가 아니었다.

　"속도가 계속 빨라지고 계십니다그려."

　"그래서 더 걱정이에요."

　"엥? 그게 무슨 말씀이십니까?"

　"깨뜨리는 속도가 빨라진다는 건 그만큼 상승 보법과의 만남이 가까워진다는 의미. 당연히 걱정이 될 수밖에 없어요."

　무영이 고개를 젓자 소노가 빙그레 웃었다.

"좋게, 좋게 생각하십시오. 한 걸음 더 접근했다고 여기시는 겁니다."

소노의 위로에 무영이 고개를 끄덕이는데 일군의 무리를 이끌고 염세극이 모습을 드러냈다.

"염 총관 어르신, 오셨습니……."

"마음에도 없는 인사 집어치워."

잔인할 정도로 차게 무영의 말을 자른 염세극이 사방을 둘러보다 인상을 구겼다.

"이놈 때문에 내가 무슨 고생이람?"

"총관 어르신, 무슨 문제라도……."

무영의 물음을 무시하듯 빙글 몸을 돌린 염세극이 시비들에게 일러 상을 펴라고 했다.

장정이 양팔을 벌려도 모자랄 정도로 커다란 상에는 오만 가지 음식과 전국 각처의 과일, 그리고 술까지 한 병 놓여 있었기에 무영의 눈이 휘둥그레졌다.

"이, 이게 무슨……."

"열흘 후에 우리 벽씨세가에서 칠포지회가 열린다. 알고는 있냐?"

"들었습니다."

무영의 대답에 염세극이 상을 가리켰다.

"하여 가주님께서 특별히 베푸신 만찬이니 오늘 하루만큼은 마음껏 즐기도록 해라."

이런 적은 처음이라 선뜻 다가서지 못하고 무영이 머뭇거리자 염세극이 그의 등을 떠밀었다.

"어서 먹으라니까! 독이라도 풀었다고 생각하는 거냐!"

염세극의 재촉에 무영이 억지로 상을 받자 소노도 따라 앉으며 젓가락을 들었다. 간만에 산해진미를 대하니 참을 수 없었나 보다.

"소노!"

"왜 그러시오, 염 총관? 배고파 죽겠는데?"

의뭉스러운 소노의 답에 염세극이 그를 잡아 일으켰다.

"저 상은 어디까지나 무영을 위한 것이니 아쉽더라도 소노는 빠지시오."

"그게 무슨 말이오? 저 많은 걸 어찌 한 사람이 다 먹어? 거기다 술이라니? 무영 공자님은 단 한 번도 술을 드셔보지 않았단 말이오! 당연히 내가 먹어야지!"

"글쎄 안 된다니까!"

유치한 모양새로 옥신각신하던 두 사람의 분쟁은 염세극의 속삭임으로 종결되었다.

"아이고, 노인네, 힘은 장사네! 가주님의 명이란 말이오! 그래도 먹겠다고 우길 거요!"

"가주님의 명이라고?"

"그렇소! 또한 지금 당장 가주님 집무실로 오라는 분부도 계셨소!"

"끄응."

소노의 어깨를 잡았던 팔을 풀고 구겨진 옷을 탁탁 턴 염세극이 콧방귀를 뀌며 시비에게 다가갔다.

"반드시 비워야 하는 음식들은 남김없이 먹여야만 한다. 내 말, 알겠느냐?"

"명심하겠습니다."

시비들이 고개를 꾸벅 숙이자 염세극이 몸을 돌려 얼떨떨한 표정으로 상을 바라보는 무영을 잡아먹을 기세로 노려보며 한 자 한 자 끊어 말했다.

"그리고 이건 가주님께서 친히 분부하신 말씀이니 귓구멍 열고 잘 들어야만 한다."

숨을 가다듬은 염세극이 벽승악이라도 된 것처럼 음산하게 말했다.

"최대한 눈에 띄지 마라. 만약 십칠 년 전과 같은 사태가 다시 발생한다면 자유고 뭐고 그 즉시로 쳐 죽일 것이다."

절로 벽승악이 떠올라 무영이 황급하게 대답했다.

"조심, 또 조심하겠습니다!"

"흥!"

듣는 둥 마는 둥 몸을 돌린 염세극이 사라지자 소노가 무영에게 고개를 숙였다.

"가주님께서 찾으시니 잠시 다녀오겠습니다."

＊　　　＊　　　＊

난생처음 대한 진수성찬이라서일까?

벽승악이 내린 상을 먹은 다음날부터 탈이 났다. 그냥 배탈이 아니라 몸 전체에 탈이.

엉덩이에서 시작된 종기가 무영의 몸 전체로 퍼졌지만 이유를 알 길이 없었다.

소노가 급히 세가의 의원을 불렀지만 그 역시도 고개를 도리도리 저으며 몸을 청결히 할 것과 진물을 계속 닦아주라고만 했다. 물론 바르는 약 하나는 던져 줬지만 의원의 무성의한 태도에 소노는 분개할 수밖에 없었다.

약이 좋았는지 몸은 빠르게 회복되어 흘러내리는 진물의 양은 눈에 띄게 줄어들었지만 무영의 전신은 딱지로 범벅되어 매우 흉측한 꼴이 되었다.

얼굴까지도.

"면목이 없습니다."

소노가 고개를 꾸벅이자 가뜩이나 작은 몸이 땅바닥에 파묻힐 판이라서 무영이 그의 어깨를 잡아 일으켰다.

"아니에요. 일손이 부족하다니 어서 가보세요."

"하필이면 내일부터 칠포지회라니, 공자님 몸이 다 나은 이후였으면 좋았을 텐데."

딱지를 온통 뒤집어쓴 그를 보며 눈시울을 붉히던 소노가 몇 번이고 읍을 하고 사라지자 끝까지 손을 흔들던 무영이 바위에 털썩 주저앉았다.

처음이다, 혼자 지내는 것은.

힘들고 괴로웠던 인생이지만 늘 소노가 함께 있어주었기에 견뎌낼 수 있었다. 모든 것을 포기하고 싶어질 때마다 격려와 응원으로 자신을 이끌어준 소노.

며칠간이라지만 그와 떨어져 지낸다는 걸 상상도 해본 적 없기에 무영의 공허감은 유달리 컸다.

그가 한숨짓는데 유령처럼 벽승악이 나타났다.

"무영이 가주님을 뵈옵니다."

무영의 말을 듣지도 않고 벽승악이 사무적으로 물었다.

"아팠다고?"

"아니, 뭐, 그저 종기가……."

"종기? 그 정도라면 일에는 문제가 없다는 말이렷다?"

순간 서운함을 느낀 무영이 주먹을 쥐었다.

아직도 기대라는 감정을 가슴 한구석에 간직했던 자신의 나약함이 너무도 싫어서.

단 한 번이라도 따스한 말을 건네길 바랐던 자신의 의존적 성격이 역겨워서.

"물론입니다!"

억지로 커다란 목소리를 낸 무영이 어금니를 깨물자 벽승악이 고개를 끄덕였다.

"지금까지의 파훼는 이것들을 깨뜨리기 위한 예비 단계였다고 할 수 있다."

언제나처럼 건조한 음성으로 중얼거린 벽승악이 아흔한 번째의 책자를 툭 던졌다.

축운표부.

'드디어 형산파 최고의 보법인가?'

무영이 긴장감을 이기지 못하고 눈썹을 모으자 벽승악이 몸을 돌렸다.

"이제부터가 진짜다. 현존하는 그 어떤 보법이라도 강호십대보법(江湖十代步法)을 능가하지는 못한다. 뭐, 전설이 이루어진다면 모르지만."

"전설이라고 하셨습니까?"

무영이 관심을 보이자 가소롭다는 표정으로 벽승악이 키득키득 웃었다.

"후후후, 네까짓 놈에게 설명해 봐야 돼지 목에 진주다. 그냥 너는 주어진 일에나 충실해라."

"…예."

풀이 죽은 무영이 조심스레 책을 펼쳤다.

"으음."

　과연 벽승악의 말은 사실이었다. 이제까지 그가 깨뜨렸던 아흔 가지의 보법 전부를 합쳐도 축운표부 하나에 담긴 현묘와 변화를 감당하지 못할 터.

　"이번부터는 기간을 오 일 연장해 주마."

　얼음처럼 차가운 피의 소유자 벽승악이 자신을 위하는 마음에서 기간을 연장해 줄 리는 만무한 노릇. 축운표부라는 보법이 그만큼 어렵다는 방증이다.

　명을 내린 벽승악이 몸을 돌리는데 무심결에 무영이 입을 열었다.

　"그런데 말입니다……."

　"음?"

　"보법을 파훼시키시는 연유가 무엇인지요?"

　벽승악의 표정이 차갑게 가라앉았다.

　"죄인의 자식에게 세가의 주인이 질문이나 받는다……. 참으로 웃기는 일이로군."

　아차 싶은 마음에 무영이 마구 손을 저었지만 이미 엎질러진 물이었다.

　"겨, 결례였다면 부디 용서를……."

　"이틀을 제하겠다. 십삼 일 만에 완성시켜라."

　서늘한 시선으로 그를 훑어보던 벽승악이 사라지자 무영이 가슴을 쓸어내렸다.

　'그래도 이만하길 다행이지. 얻어맞지 않은 게 어디야?

잃어버린 이틀이 못내 마음에 걸렸지만 밤을 낮으로 열심히 한다면 만회하리라 믿으면서 무영이 축운표부의 개괄적인 형태를 머릿속으로 그려냈다.

'궁장머리를 한 미녀가 구름이 허리춤에 걸린 산을 오른다. 시냇물 흐르듯 유연하던 그녀의 발길이 어느 순간부터 지면을 떠나 허공에서 맴도는 구름 한 조각을 딛는다……'

너무나도 뻔한 심상이라 고개를 저은 무영이 콧등을 찌푸렸다.

천편일률적인 방식으로 접근할 대상이 아니라는 걸 잘 알고는 있지만 아직 강호십대보법을 해체할 정도의 안목은 없기에 무영이 탄식처럼 중얼거렸다.

"산 넘어 산이로구나. 풍취산을 넘었다고 좋아했던 것이 엊그제 같은데 또 다른 장벽이 등장했어."

털썩 주저앉은 그가 무의식중에 땅을 비집고 올라오는 풀을 잡아 뽑았다.

헛되이 보낼 시간은 없다는 걸 알지만 보법의 기본 원리조차 잡히지 않는데 파훼를 꿈꾼다는 건 어불성설이다. 어떤 식으로든 다가서야 할 텐데 도통 감이 오지 않는다.

"소노라도 있었으면……."

이런 경우 소노는 큰 힘이 되어주었다.

무학적인 측면이나 기타 기술적인 부분에서 도움을 기대하긴 어려웠고, 또 소노 자신도 그런 말을 꺼내면 고개부터 내저었지만 그의 인생 경험을 듣다 보면 예상치 못했던 영감을 얻곤 했다.

그런 소노가 자리를 비웠다. 세가에 큰 손님이 오신다고 하여 불려갔는데 단지 며칠간이라지만 허전한 마음을 감출 길이 없어서 무영이 멍청하게 벽씨세가의 전각들을 응시했다.

매일 대하지만 도저히 적응할 수 없는 이질감.

높아서일까? 웅장해서일까?

철옹성처럼 단단한 기세를 흩뿌리는 전각들에게서 몸을 돌린 무영이 고개를 저었다.

"숨 막혀……."

"젊은 녀석이 숨 막히면 죽지. 헐헐헐."

"……?"

이곳은 금지다. 외인은 절대로 출입할 수 없는 장소란 말이다. 가뜩이나 삼엄했던 경비는 십삼 년 전, 단목소설이 엉겁결에 발을 들인 후부터 더욱 철저해졌다.

그렇다면 목소리의 주인공은 누구란 말인가?

본능적으로 책자를 뒤로 숨기며 무영이 물었다.

"누구……?"

원래 웃는 상인지 그냥 있어도 실눈인 노인이 그를 굽어보다 한 걸음 물러서며 물었다.

"전염병이냐?"

첫마디가 전염병이냐니!

기분이 상한 무영이 답을 하지 않자 그의 발목을 보며 노인
이 재차 물었다.

"발목에 흉물스러운 그것은 또 뭐냐?"

이쯤 되면 참기 힘들다.

"제가 먼저 여쭈었는데요?"

"오라, 똥개도 제집에서는 먹고 들어간다는 거냐?"

"저는 똥개가 아닙니다."

"따박따박 대꾸 한번 잘하는구나."

"불청객의 정체를 파악하고자 함은 주인 된 입장에서 당연
한 일이 아닌가 싶습니다."

노인에게서 적의는 느껴지지 않아 무영이 조심스레 대답
했다. 비록 쇠사슬에 매인 상태지만 이곳은 그와 소노의 공간
이고, 노인은 명백한 침입자니까.

비록 그가 이곳을 지키는 위사들의 이목을 속일 정도의 고
수라도 말이다.

"흐음, 네 말은 일리가 있다."

턱을 쓰다듬으며 노인이 무영의 옆에 앉았다.

"나는 동엽풍이라는 사람이다."

그것으로 끝. 노인은 느긋하게 풀을 따서 피리를 만들었
다.

"저는 함자를 여쭌 것이 아닙니다."

"엥?"

깜짝 놀란 노인, 아니, 동엽풍이 눈을 빠르게 끔뻑였다.

'나를 몰라?'

어처구니가 없어서 무영을 탐색하듯 훑었지만 흉측한 몰골의 청년은 조심스레 자신을 살피는 눈치라서 동엽풍이 입맛을 쩝쩝 다셨다.

정말로 자신을 모르나 보다.

"아따, 그 녀석, 쫀쫀하게 나오네. 이름 들었으면 됐지 더 뭘 바라는 거야?"

막무가내로 나오는 동엽풍의 뻔뻔함에 혀를 내두를 지경이었지만 무영은 무던하게 참아냈다. 동엽풍이라고 스스로를 밝힌 노인이 내력 한 줄 없는 자신을 죽이기란 손바닥 뒤집는 것보다 쉬운 일이라는 걸 잘 알고 있으니까.

그러나 무영은 모른다, 동엽풍이라는 이름이 어떤 의미를 지녔는지를. 그렇기에 태연할 수 있었다. 만약 그가 동엽풍이라는 이름이 가진 무게를 알았다면 말대꾸할 엄두조차 내지 못했을 것이다.

물정 모르고 자신을 관찰하는 무영의 태도에 동엽풍이 혀를 끌끌 찼다.

"노부가 널 잡아먹기라도 할 것 같으냐? 뭘 그리 살피는 게야?"

"아니, 뭐……."

"그리고… 너는 통성명의 기본도 모르냐? 내 이름을 알았으면 얼른 고해야지?!"

어쩐지 편안해지는 동엽풍이었기에 무영이 스스럼없이 답했다.

"무영이라고 합니다."

"벽 씨 성이겠고?"

순간 대답할 말을 찾지 못한 무영이 입술을 우그러뜨리자 동엽풍이 실눈을 치켜떴다.

"아니야?"

"그게……."

"벽 씨면 벽 씨고 아니면 아닌 게지 뭘 주저하는 게냐?"

말인즉슨 옳다. 하지만 세상사라는 게 언제나 일반적이지만은 않다.

"그 부분은 대답하고 싶지 않습니다."

"흐음."

말 못할 곡절이 숨겨져 있다는 걸 눈치챈 동엽풍이 빙글빙글 돌리던 풀피리를 불었다.

삐이이―

"소싯적만큼 좋은 소리를 뽑아내지 못하는구먼. 나도 이제 늙은 게야."

한탄하던 동엽풍이 풀피리를 던져 버렸다.

"이만 가야겠다."

"가시게요?"

어쩐지 우스운 상황이었지만 동엽풍이나 무영은 너무나 자연스레 인사를 주고받았다.

"심심하면 또 놀러 오마."

"그러다 들키면 곤란하실 텐데……."

"너보다 곤란하겠느냐? 무영아, 무영아, 너도 어지간히 복잡하게 사는가 보다."

그 말을 끝으로 동엽풍이 휘적휘적 걸음을 옮겨 나무 사이로 사라지자 그의 뒷모습을 지키던 무영이 고개를 갸웃거렸다.

"이상한 분이네?"

생각보다 소노의 빈자리는 컸다. 늘 곁에 있어서 몰랐는데 이렇게 떨어져 있으니 허전하고 외로워서 잠을 이루지 못하던 무영이 결국 초옥을 나섰다.

철커덩―

모두가 잠든 야심한 시간이라서일까? 쇠사슬 소리가 유난히도 크게 들려와 무영이 인상을 찌푸렸다.

"아니야. 이럴 때가 아니지. 소노가 돌아오기 전에 최소한 축운표부의 개괄적인 특징이라도 파악해야겠어."

시간이 없다고 며칠 밤을 꼬박 새우는 건 미친 짓이다. 축운표부는 그가 넘어야 할 열 봉우리 가운데 첫 번째일 뿐이고, 하나의 과제를 완수한다고 하여 휴식이 주어지는 것도 아니다.

장기적으로 체력을 유지해야만 한다. 그래야 열 개의 봉우리를 무사히 넘어 꿈에도 그리던 자유와 성을 되찾을 수 있을 테니까.

"어디, 그럼……."

보법을 구현하는 데 심상은 대단히 중요한 부분을 차지한다. 창시자의 철학과 깨달음을 이해하지 못한다면 수박 겉핥기 식의 따라 하기밖에 안 될 테니.

문제는 보법의 주체를 그리기 어렵다는 데 있었다.

축운표부는 어디까지나 하선고를 본보기로 만든 보법이기에 팔선 가운데 유일한 여성이었다는 그녀를 이해하지 못하면 보법 자체에 생명력을 불어넣기 어렵다는 거다.

죽은 보법으로는 아무것도 할 수 없다.

"큰일인데……."

초조한 마음으로는 성사될 일도 그르치는 법이다. 하지만 다급하니 애가 타고 침이 바짝바짝 마른다.

소리 나게 발을 굴러봐도 답이 나오지 않고, 미친 사람마냥 펄펄 뛰어도 방법이 없다. 한번 막히면 죽음과도 같은 늪으로 빠져드는 것이 바로 무학이다.

이럴 때 안목을 열어줄 윗사람이 필요한 것이다.

똑같은 이유로 고민을 했고, 똑같은 부분에서 힘들었던 선배라면 후배의 고충을 누구보다 완벽하게 이해할 테고, 그에

맞는 길을 제시해 줄 수 있을 것이다.

소림이나 무당 같은 명문대파의 전통이 무서운 이유가 이런 데 있다.

무영에게는 이런 역할을 해줄 이가 아무도 없다. 바랄 수도 없고, 바라서도 안 된다.

그는 죄인의 자식이니까.

"무영, 누구에게도 도움을 바라서는 안 되는 처지라는 건 너도 잘 알고 있잖아? 자, 다시 한 번 해보자고!"

스스로에게 다짐을 보낸 무영이 양 손바닥으로 제 뺨을 강하게 치고 발을 굴렀다.

파박!

잔뜩 움츠렸던 용수철이 한순간에 펴지듯 솟구쳐 오르던 무영이 뚝 떨어졌다.

"아니지. 하선고가 무슨 독수리도 아닌데 이렇게 비상할 리가 없잖아?"

자문자답의 진수를 보여주며 고민하던 무영이 이번에는 슬그머니 앞으로 나섰다.

부드럽게, 고아하게, 우아하게, 단아하게라면 좋겠지만 그런 감성을 느껴본 적이 없는 무영에게 축운표부는 어쩌면 말도 안 되는 보법일지도 모른다.

그저 목석처럼 걸음을 옮기던 무영이 다시 탄식했다.

선녀? 죽어도 모르겠다.

이때 다시 늙수레한 목소리가 들렸다.

"뭐하냐?"

"헉!"

화들짝 놀란 무영이 펄쩍 뛰자 동엽풍이 투덜거렸다.

"초면도 아닌데 뭘 그리 놀라? 내가 무슨 귀신이라도 된다는 거냐?"

귀신도 이보다는 기척을 내면서 다가오겠다. 고양이도 아니고 무슨 사람이 옷깃 스치는 소리 하나 없이 나타난다는 건가.

뚱한 무영의 표정을 무시하고 모습을 드러낸 동엽풍이 그의 옆에 털썩 주저앉아 휘영청 떠 있는 달에 눈길을 주었다.

"고놈 참 실하구나. 딱 빙빙이의 엉덩이 같구먼."

빙빙이? 소노가 틈만 나면 말하던 기녀인가 보다. 돈으로 웃음과 노래, 그리고 다른 것도 파는 여자들.

"너, 여자도 모르지?"

"여자야 알지요."

무영이 씨익 웃자 동엽풍이 손을 내저었다.

"성별 구분하는 거 말고, 여자 모르지?"

"……?"

이건 또 무슨 엉뚱한 소리인가. 여자를 모르긴 왜 모른다는 건가. 비록 갇혀 지냈다지만 간간이 시비들이나 벽산산, 그리고 단목소설을 대했단 말이다.

여자?

알 만큼 안다!

무영이 노골적인 불쾌감을 드러내자 동엽풍이 입을 떡 벌렸다.

녀석은 여자를 모른다. 동엽풍이라는 이름을 걸고 내기를 걸어도 된다. 녀석은 절대, 무조건, 확실히 여자를 모른다.

그런 주제에 저토록 당당하다니.

"넌 인마, 여자를 모른다고! 뭘 아는 척을 해?!"

"안다니까요? 왜 모른다고 밀어붙이시는 겁니까?"

"밀어붙이는 게 아니라… 에휴, 그러니까……."

가슴을 탕탕 치던 동엽풍이 오른 손바닥으로 왼 주먹의 나이테같이 말려들어 간 자리를 탁탁 쳤다.

"이거! 이거! 모르잖아?"

"그게 뭡니까? 무슨 신호라도 되나요?"

"끄응."

머리를 짚으며 앓는 소리를 하던 동엽풍이 양팔을 벌렸다.

"세상에 왜 여자와 남자가 존재한다고 생각하느냐? 그건 어디까지나 음양의 이치 때문이야, 음양의 이치. 알아?"

"음양의 이치라면 좀 알지요."

도가의 무학은 기본적으로 태극, 즉 음과 양의 두 가지 기운이 일원에서 파생되었다는 만물 생성 이치에서 출발하기에 무영도 겉핥기 식으로 안다.

그가 깨뜨린 보법의 삼분지 일은 도가의 보법이었으니까.

문제는 동엽풍이 말하는 음양의 이치와 무영이 아는 그것이 전혀 다르다는 데 있었다.

"아— 뇌, 이 바보를 어떻게 이해시켜야 잘했다는 소리를 들을꼬? 그러니까 음과 양으로 나뉜 이유는 어디까지나 조화로운 세상을 위함이다. 조화란 말이야……."

제 마음 내키는 대로 주절거리던 동엽풍이 무영의 손에 들린 책자에 눈길을 주었다.

"그거 뭐냐?"

"어? 이거요? 아무것도 아닙니다!"

황급히 책자를 등 뒤로 돌렸지만 동엽풍의 금나술은 놀라운지라 어느새 무영의 손은 제압된 상태였다.

손쉽게 책자를 빼앗은 동엽풍이 그것을 빠르게 넘겼다.

"어르신, 책을 돌려주십시오! 이게 무슨 경우란 말입니까?"

버둥거리는 무영을 여유있게 누르며 동엽풍이 귀찮다는 듯 중얼거렸다.

"야야, 거저 준다고 해도 안 가져갈 테니까 걱정 붙들어 매라. 사내자식이 호들갑 떨기는."

장난스러운 응대와 달리 책장을 넘기는 동엽풍의 얼굴은 당혹스러운 빛깔로 물들었다.

'이 정도의 현기와 변화는 축운표부가 아니라면 불가능하다. 그렇다면 이것은 정말로 축운표부라는 말인가? 그렇다면 문외불출의 비전이 어떻게 꼬마의 손에 들려 있다는 거지?'

축운표부의 진위를 곧바로 가려낸 동엽풍이 다시 한 번 책을 살피고는 한숨을 내쉬었다.

누가 뭐라고 해도 이건 축운표부일 것이다. 만약 축운표부가 아니라면 강호십대보법에 이 보법도 첨가해야 할 판이다.

'놀라운 일이로군. 정말로 놀라워.'

더 놀라운 사실은 동엽풍의 안목이다. 제아무리 고강한 무인이라도 두어 번 훑어보는 것만으로 축운표부의 진위 여부를 가리기란 쉽지 않을 테니까.

그리고 동엽풍의 정체를 아는 이라면 그리 놀라지 않을 것이다.

동엽풍이라는 무인에게 이 정도의 눈썰미는 기본이니까.

무언가 골똘히 생각하던 그가 무영에게 책자를 건넸다.

"여기 있다, 여기 있어. 더러워서 안 가진다. 그런데 너는 이게 뭔지 아는 거냐?"

음양의 이치를 모른다더니 이제는 들고 있는 책이 뭔지는 아느냐고 묻는다. 기가 막히고 코가 막힐 일이었지만 꾹 눌러 참은 무영이 차분하게 답했다.

“설마하니 들고 있는 책자가 뭔지도 모를 리 있겠습니까?
이건 형산의 축운표부입니다.”

“이름이야 겉면에 적혀 있으니 모르면 바보고, 축운표부가
강호에서 어떤 의미를 지니는 보법인지 아느냐는 거다.”

“강호십대보법 중에 하나라고 들었습니다.”

“호오, 알긴 아는구나. 그럼 너는 축운표부가 적힌 책을 왜
보는 거냐? 익히려고?”

동엽풍의 계속된 질문에 조금 귀찮아진 무영이 인상을 썼
다.

별로 친하지도 않으면서, 아니, 오늘 처음 보는 사이면서
뭐가 그리도 궁금할까?

그런데 이상하게도 경계심이 들지는 않아서 무영이 동엽
풍을 빤히 쳐다보았다.

“허, 이상한 녀석, 대답은 하지 않고 노려보기는.”

“이상하기는 어르신도 만만치 않습니다.”

“뭐라고? 내가 이상해? 구십 평생 살면서 이상한 사람이라
는 소리는 너한테 처음 듣는다, 이놈아.”

동엽풍이 껄껄 웃자 무영이 머리를 긁었다.

문제다. 이 노인과 말을 섞으면 섞을수록 조심성이 바닥을
드러내는 형편이다. 보법 문제가 아니라 조금만 더 지나면 자
신의 과거사까지 모조리 토해낼 판이다.

소노의 부재로 외로움을 타는 걸까?

"축운표부를 왜 보느냐고 물으셨지요? 음, 비웃지 않으시면 말씀드릴게요."

"다른 사람 우습게 볼 처지나 됐으면 좋겠다."

동엽풍이 가슴 깊숙한 곳에서 탄식을 끌어올렸다. 연기라면 곧바로 눈치챌 무영이지만 마음에서 우러나는 한탄이라서 누구를 위로할 신세도 아닌데 따뜻한 말 한마디 건네고 싶어진다.

'어지간히 사연이 많은 분이로구나.'

동엽풍에서 시선을 돌려 명멸을 거듭하는 별 하나를 바라보며 무영이 지나가듯 말했다.

"익히기 위해서가 아니라 깨뜨리려고 봅니다."

"뭐?"

얼른 이해하지 못하고 실눈을 있는 대로 벌린 동엽풍이 무영의 이야기를 되새겼다.

얼마 후,

"그냥 정신이 나간 아이였군. 시간 뺏어서 미안하다."

툭 한마디를 던지고 동엽풍이 몸을 돌렸다.

멍—

웃음이라도 터뜨렸으면 그나마 괜찮겠는데 미친 사람 취급받으니 영 기분 언짢아서 무영이 쏘아붙였다.

"그냥 의심이 많은 어르신이셨군. 배웅은 힘들겠습니다."

"허!"

받아치기는 역시 통상 공격의 세 배인가? 자신이 한 말 그대로 돌려받았을 뿐인데, 아니, 조금 완화된 수준이건만 매우 기분이 나빠져서 동엽풍이 입을 벌렸다.

"정말로 파훼를 목적으로 축운표부를 본다고? 나더러 그 말을 믿으라고?"

볼을 잔뜩 부풀린 무영이 응대를 하지 않자 이번에는 동엽풍이 그를 뚫어지게 쳐다보았다.

'뭐야, 이 녀석. 진심이잖아?'

구십 성상을 보냈다. 인간으로서, 무인으로서 겪을 수 있는 사건의 최대치를 경험했다.

어지간한 사기꾼이라도 입을 열기 전에 속을 훤히 들여다볼 정도가 되었고, 천하의 아첨꾼이라도 눈빛을 던지는 순간 무슨 말을 내뱉을 거라 짐작할 경지에 이르렀다고 자부한다.

그래서 알 수 있다.

이놈은 진심이라는 걸.

제대로 미쳤거나 아니면 사실을 말하고 있다는 소린데.

"그렇다면……."

동엽풍이 장난기를 거두자 시골 촌로와도 같은 그의 기세가 일파의 대종사처럼 돌변했다.

"너와 벽승악의 우스꽝스런 대타도 보법을 깨뜨리려고 벌이는 행동이란 말이렷다?"

"어, 어떻게 그걸?"

무영이 화들짝 놀라자 동엽풍이 묵직하게 답했다.

"두 달, 꼬박 두 달 동안 매일같이 너를 관찰했다면 믿겠느
냐?"

第六章
강요당한 진실

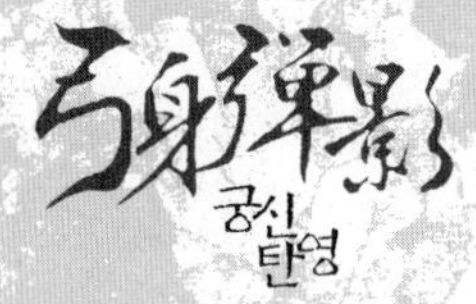

“두 달이라고 하셨습니까?”

“그렇다. 나는 두 달 동안 벽씨세가에 암약하며 동태를 살피는 일방, 너를 관찰했다.”

“어째서…….”

무영의 말을 자르며 동엽풍이 한 걸음 나섰다.

“필유곡절이라고 했느니. 나도 그리 한가한 사람이 아닌데 벽씨세가에 두 달 동안이나 잠입을 했다는 건 이유가 있어서다. 그 연유를 말해주기 전에 너는 일단 네가 한 말을 책임져야 할 것이다.”

동엽풍이 진지한 얼굴로 무영을 바라보았다.

"깨뜨리기 위해 축운표부를 대한다면 최소한 그 아래의 보법 정도는 이미 파훼한 상태일 터. 형산의 두 번째 보법이라는 풍취산을 이 자리에서 깨뜨릴 수 있겠느냐?"

그의 말에 아무런 대꾸 없이 일어선 무영이 눈을 감고 풍취산을 떠올렸다.

"풍취산의 묘리 정도는 알겠지? 바람에 취해 흩어진다는 이름처럼 발동과 함께 팔방을 점하면서 상대를 무력화시킨다 하여 일명 팔방풍취라는……."

비 맞은 중처럼 동엽풍이 주워섬기는 순간!

파박!

바람의 향기를 맡은 무영이 번개처럼 몸을 날리자 아침 햇살에 산산이 흩어지는 안개처럼 그의 신형이 희뿌옇게 사라졌다.

"풍취산!"

허벅지를 치며 동엽풍이 감탄했다. 형산의 문턱도 밟아보지 못한 이십대의 청년이 풍취산을 무리없이 펼쳐 낸다는 건 그야말로 기사 중의 기사였으니까.

그러나 놀라기에는 일렀다. 무영이 풍취산에서 이탈하자 동엽풍은 자신의 허벅지를 꼬집어야만 했으니까.

스륵—

자신이 만들어놓은 굴레를 스스로 벗어던지듯 풍취산의 방위를 벗어난 무영이 두 개의 서로 다른 방위를 오가자 견고

하기만 하던 팔방풍취는 외곽부터 조금씩 무너져 내렸다.

"어어어……."

바보처럼 입을 벌린 채로 손가락을 들어 무영을 가리키던 그가 허벅지를 꼬집었다.

은은히 전해지는 통증.

꿈은 아니다.

팍!

저항하던 마지막 방위마저 그의 발에 무릎을 꿇자 장내를 화려하게 수놓았던 풍취산은 그 어디에도 없었다.

오로지 무영만이 오롯할 뿐이었다.

머엉―

도저히 믿기지 않는다는 표정으로 무영을 바라보던 동엽풍이 덜떨어진 말로 그가 목격한 것을 인정하려 했다.

"하기야… 강호라는 대지는 말이 되는 일보다 말도 안 되는 일이 더 자주 발생한다고들 하지."

뱉고 보니 너무 바보 같아서 동엽풍이 쥐구멍을 찾으려다가 일단 사실 관계부터 확인해야겠기에 무영을 불렀다.

"사실이었구나."

무영이 고개를 끄덕이자 동엽풍이 무심결에 물었다.

"내가 본 것만 해도 네댓 개는 되는데… 지금까지 총 몇 개나 파훼한 거냐?

스무 개 남짓을 가정하고 던진 질문.

대답이 걸작이었다.

"아흔입니다."

순간 동엽풍은 고심해야 했다.

아흔. 자신의 나이다. 눈앞의 꼬마가 반로환동한 절대고수가 아니라면 자기와 동갑일 리는 없으니 말의 의미는…….

"아흔 개를 깨뜨렸다고?!"

또다시 무영이 고개를 끄덕이자 천하에 다시없는 괴물 대하듯 그를 살피던 동엽풍이 탄식했다.

"대체 이곳에서 무슨 일이 벌어지는 거지?"

깍지 낀 양손에 머리를 박고 골똘히 생각하던 동엽풍이 묵직한 음성으로 말했다.

"정말로 한 가지만은 알아야겠다."

"말씀하십시오."

달라진 분위기를 감지하고 무영도 태도를 바꿔 공손히 응답했다.

"파훼의 주체는 물으나마나 벽승악일 테고, 깨뜨리려는 이유가 무엇이냐?"

난감한 질문. 자신도 모르는데 어찌 남에게 말을 할 수 있을까.

우물쭈물하며 무영이 쭈뼛거리자 가만히 지켜보던 동엽풍이 고개를 갸웃거렸다.

"몰… 라?"

“예.”

“허!”

이마를 짚으며 동엽풍이 주저앉았다.

강호십대보법을 파훼한다면서 이유조차 모른다니, 세상에 이런 경우가 또 어디 있겠는가?

어처구니없어서 망연히 하늘을 좇는 동엽풍이 딱했는지 슬그머니 따라 앉으면서 무영이 자신감없는 목소리로 소곤거렸다.

“잘은 모르지만 소노가 그러더라고요.”

“소노? 커다란 빗자루 들고 돌아다니는 영감 말이냐?”

“예, 소노의 키만큼이나 커다랗지요.”

무영이 쿡쿡 웃자 동엽풍이 콧방귀를 꼈다.

“키만큼은 무슨!”

“예?”

“아니다. 하던 말이나 계속해라.”

동엽풍이 대수롭지 않다는 듯 손을 휘휘 젓자 입을 한번 삐죽 내민 무영이 말을 이었다.

“이렇게 보법을 하나하나 파훼하고 다시 정립한다면 언젠가는 환상의 역습을 만들어낼지도 모른대요.”

“환상의 역습? 말 한번 거창하구나. 그게 뭔데?”

피식거리던 동엽풍이 무영의 다음 말에 경악의 외침을 터뜨려야만 했다.

"들어보셨는지 모르겠지만, 궁… 신탄영이래요."

"궁신탄영!!"

펄쩍 뛰어오른 동엽풍이 믿을 수 없다는 얼굴로 무영을 내려다보았다.

"분명 궁신탄영이라고 했느냐?"

왜 저렇게 놀라는 걸까? 정말로 소노 말처럼 궁신탄영은 전설적인 경신술이었다는 건가?

"구십 평생 놀란 양을 모두 합쳐도 오늘 하루 놀란 것보다 적을 판이다. 궁신탄영? 허……."

앵무새처럼 궁신탄영을 되새기던 동엽풍이 다시 쭈그리고 앉았다.

"그렇다면 벽승악이 궁신탄영의 경지를 이루기 위해 보법을 수집하고 또 깨뜨렸다는 말이로군?"

"추측일 뿐이에요."

"아니, 그렇게 보니까 들어맞는다."

"무슨 말씀이신지……."

"내가 왜 이곳에서 두 달간이나 시간을 보냈다고 생각하느냐?"

무영이 도리도리 고개를 젓자 동엽풍이 눈을 감았다.

"너도 솔직하게 말해주었으니 나 역시 숨겨서는 안 되겠지. 내가 벽씨세가를 찾은 이유는……."

잠시 뜸을 들인 동엽풍이 눈을 부릅떴다.

“우리 문파의 보법을 이곳에서 훔쳤다는 첩보를 입수해서다. 정확하게 말해서 원본을 누군가가 베낀 거지.”

“예?”

대경하는 무영을 돌아보지도 않고 동엽풍이 말을 쏟아냈다.

“처음에 보법이 필사되었다는 보고를 받았을 때는 범인으로 육문칠가를 염두에 두지 않았다. 아쉬울 것 없는 육문칠가에서 무엇 때문에 우리 보법을 탐하겠나 싶었다.”

어깨를 으쓱인 동엽풍이 입술을 우그러뜨렸다.

“그런데 이상한 제보가 계속해서 들어오더란 말이지. 자잘한 하류 보법부터 상승의 일류까지 누군가가 싹 훑는다는 소식이 들렸다. 그것도 암중에.”

수단과 방법을 가리지 않는다고 했지, 하며 콧김을 뿜은 동엽풍이 무영을 슬쩍 바라보았다.

“작게는 지방의 군소 문파에서부터 크게는 강남의 남궁세가 정도의 대형 문파까지. 피해는 중원 각처에서 발생했지만 필사를 하는 자는 워낙 교묘해서 당했다는 사실조차 인지하지 못하는 방파도 허다한 실정이라고 들었다.”

동엽풍의 눈꺼풀이 파르르 떨렸다.

“하지만 소문까지는 완전히 차단할 수 없는 노릇. 그리고 소문을 옮기는 주체는 사람. 사람에 관해서라면 우리 문파보다 정통한 곳은 없기에 차곡차곡 정보가 모였던 거지.”

사람에 관해서 정통한 문파라면 개방이다. 동엽풍의 행색은 비록 시골 촌로의 그것이지만 거지꼴까지는 아니었다.

그가 말하는 문파는 대체 어디일까?

무영이 탐색하듯 그를 살피는데 동엽풍이 말을 이었다.

"중원 각처에서 올라오는 보고를 취합한 결과, 나는 놀라지 않을 수 없었다. 모든 정황이 가리키는 장소는 바로 이곳 벽씨세가였으니까."

이때 무영이 끼어들었다.

"드러내 놓고 일을 추진하지도 않았을 텐데 어떤 방법으로 벽씨세가의 소행이라는 것을 밝혀낸 것입니까? 강호를 양분하는 칠가에서 두 번째 서열이 바로 벽씨세가인데."

"아무리 대단한 문파라도 일을 추진함에 있어 사람을 통하지 않고는 불가능한 법. 어떤 방법으로 숨겨도 흔적은 남게 된다. 즉, 신경만 쓰면 얼마든지 알 수 있다."

말은 된다. 말로는 무엇이든 못할까.

"다시 말하지만 사람에 관해서라면 우리 문파보다 정통한 곳은 없다."

동엽풍이 어금니가 드러날 정도로 씨익 웃자 무영이 머리를 벅벅 긁었다.

말은 분명히 된다. 하지만 지나칠 정도의 자신감이다.

사람에 관해서는 최고다? 그 근거는 어디서 나오는 걸까?

무영이 질문을 던지려는데 적기(適期)에 동엽풍이 역으로 물었다.

"결국 필사된 책들은 모조리 네게로 전해졌던 것이로군. 하면 너는 왜 이런 일을 하는 것이냐? 무공 증진이나 기타의 목적은 아닐 성싶은데."

발목에 매달린 쇠사슬을 보며 던진 동엽풍의 물음에 무영이 눈을 빛냈다.

태어나서 두 번째 만나는 외인이다. 그나마 첫 번째로 만난 이는 같은 칠가 사람인 단목소설이니 진정한 이방인은 동엽풍이 처음이라고 할 수 있다.

의당 경계하고 의심해야 한다. 겉으로 밝힌 목적은 눈가림일지도 모른다.

강호는 흉흉한 곳이라고 귀에 못이 박이도록 소노가 이야기하지 않았던가. 지닌 능력의 삼 푼을 숨기고 사람을 상대해야만 한다느니 믿음보다 의심이 자신에게 도움이 될 거라느니…….

안다. 잘 안다.

그런데,

말해도 될 것 같다. 이 노인이라면 자신의 이야기를 털어놔도 괜찮을 것 같다.

"한 가지만 약속해 주시겠습니까?"

"내 선에서 가능한 일이라면 그리하마."

"당연히 가능합니다."

잘라 말한 무영이 숨을 몰아쉬었다.

"지금부터 드리는 얘기를 누구에게도 옮기지 말아주십시오. 그리 약조해 주신다면 말씀드리겠습니다."

"흐음."

짐짓 눈을 감고 침음하던 동엽풍이 고개를 끄덕였다.

"돌이켜 보면 제 인생은 언제나 보법과 함께였습니다. 그리고 제 삶은 반경 삼 장이 전부였지요."

"갇혀 지냈다는 거냐?"

동엽풍의 질문을 무시하고 무영이 입을 열었다.

"어르신."

"음?"

"태양은 정말로 동그랗습니까?"

쿠쿵!

"너, 너, 정말로!"

"언제나 태양을 빛의 기둥으로만 보았습니다. 그렇기에 태양은 부서진다고 생각했지요. 그런데 아니라고 하더군요. 태양은 스스로를 동그랗게 말았다고 들었습니다. 왜일까요? 수많은 빛의 기둥으로도 아름다운데 어째서 태양은 스스로를 말아버린 걸까요?"

대답할 말이 없다. 태양이 왜 동그란 거냐고? 원래 동그랗기 때문에 동그란 거다. 아니, 그런 생각조차 해보지 않았다.

원래부터 태양은 동그란 형태였던 거다.

스스로를 말다니.

처연한 눈빛으로 자신을 보는 동엽풍의 시선이 부담스러워 무영이 땅을 툭툭 찼다.

"사물을 구별할 무렵부터였을 겁니다, 보법을 깨뜨리기 시작한 것이. 한마디로 눈 뜨자마자 보법과 씨름한 격이지요."

애잔한 웃음과 함께 무영이 자신의 과거사를 담담한 목소리로 토했다. 충격적이고 서글픈 내용이었지만 화자가 워낙 고요했기에 그의 말은 하나의 가락처럼 장내를 조용히 떠돌았다.

끊어질 듯 끊어질 듯 이어지던 가락이 커다란 파고를 몇 번 그리고 다시 함몰되었다 솟구쳐 오르기를 반복하면서 귓가를 맴돌고 지나갔기에 동엽풍이 홀린 듯 이야기에 빠져들었다.

"…그렇게 지내다 아흔한 번째의 보법을 받은 오늘, 어르신을 만나게 된 거예요."

"음."

기구하다, 기구하다, 잘도 하는 말이지만 이 청년의 사연만큼이나 기구한 운명의 소유자가 또 어디 있을까?

얼굴조차 기억나지 않는 아비의 죄로 말미암아 삼 장 넓이의 공간에 갇혀서 딱딱하기 그지없는 경신공부를 벗 삼아 이십일 년이라는 세월을 보냈다니.

어깨라도 두드려 주고 싶어서 손을 들었던 동엽풍이 슬그머니 팔을 내렸다.

위로는 무슨.

팔을 뒤로 짚어서 총총히 빛나는 별을 보던 동엽풍이 혼잣
말처럼 중얼거렸다.

"벽승악… 정말로 변했다는 건가."

"……?"

놀란 무영이 고개를 돌려 자신을 쫓자 동엽풍이 콧등에 주
름을 잡았다.

"이렇게 핍박을 받는 네 입장에서는 믿기 힘들겠지만 벽승
악은 사실 썩 괜찮은 남자였다."

설마하는 표정으로 무영이 눈썹을 찡그리자 동엽풍이 피
식 웃었다.

"내가 알기로는 그랬다. 사내라는 말이 너무나 어울리는
무인이었지."

믿을 수 없다. 관후대협이라는 별호 뒤에 숨어서 온갖 악행
을 저지르는 그에게 사내다운 면모는 찾아보기 어려웠으니
까.

"안 믿어도 그만이다만 사실이 사실이니 그렇게 말할 수밖
에. 또한 벽승악과 벽진악의 우애는 남달랐기에 강호에서도
수많은 찬사와 칭송을 받았다. 오죽하면 둘의 사이를 일컬어
벽가지애(壁家摯愛)라고 높여 불렀겠느냐?"

지애(摯愛)란다. 진실로 깊이 사랑한다는 뜻이니 이보다 더
진한 우애를 나타내는 말이 또 어디 있을까.

“그런데 왜 그분께서는…….”

“벽진악이 어째서 반역의 마음을 품었는지는 알 도리가 없다. 그는 포획되자마자 즉결심판 후에 곧바로 처형당했으니까. 급하게 처결한 이유를 추정해 본다면 우선 칠가 중에 두 번째 서열을 자랑하는 벽씨세가의 자존심 때문이겠지. 벽진악을 오래 살려둘수록 그만큼의 풍문이 양산되어 세가의 체면을 갉아먹을 테니까.”

말하기 껄끄러웠지만 동엽풍은 계속해서 이야기를 이어나갔다. 이런 경우에 차라리 사실을 고지하는 편이 훨씬 낫다는 걸 누구보다 잘 알기에.

“두 번째로는 천가나 기타 외부에서 개입해 일이 커질 것을 우려한 탓일 거다. 일인지하 만인지상의 벽씨세가라지만 천가의 말을 듣지 않을 도리는 없으니.”

논리 정연한 동엽풍의 분석에 무영이 침울해졌다.

그렇게 사이가 좋았다면서 왜?

대체 왜?

“한 가지 더 이상한 점을 말한다면 벽진악은 지고 싶어도 질 수 없었던 싸움에 출정했었다. 숫자만 많았을 뿐이지 그놈들은 허깨비보다도 못한 존재들이었으니까.”

비사다. 하오문의 어떤 세력과 붙었는지는 모르지만 세가 제일의 조직과 최강의 무인이라던 낙일천장까지 대동했다면 상대도 만만치 않았을 거라고 추측했는데.

허깨비보다 못한 존재였다니.

"외람된 질문이지만 어찌 그리 단정하시는 겁니까?"

"자격을 묻는 것이냐?"

슬쩍 고개를 돌린 동엽풍이 단호하게 답했다.

"그래, 누가 있어 하오혈난에 관련된 비사를 이토록 자신만만하게 떠들까? 하지만 나! 이 동엽풍은 그런 말을 할 자격을 지닌 사람이다! 넘칠 정도로 충분한 자격을!"

엄청난 박력! 앉아서 떠드는 것만으로 무시무시한 기세가 전달되어 무영이 주먹을 쥐었다.

박력과 기세에 묻어오는 자신감이 손에 잡힐 듯 다가온다.

"일단 그 이야기는 뒤로 미루도록 하자꾸나."

숨을 고른 동엽풍이 씁쓸하게 웃었다.

"그래서 의문이라는 거다. 지려고 발버둥 쳐도 질 수 없는 싸움. 그런데 패하고 혼자서만 도주했다. 무공으로는 모르나 남자답기로 따진다면 형보다 위일지도 모른다던 벽진악이? 이건 뭐, 온통 의문투성이가 아니냐?"

"저는 잘……."

비극적인 일이 벌어졌을 당시 무영은 고작 세 살이었다. 또한 이렇게 갇혀 지내는 신세라서 당시를 추정할 정보를 얻기도 난망한 노릇.

"그냥 그랬다는 거다. 알아두고 넘어가라."

대충 얘기를 얼버무린 동엽풍이 고개를 갸웃거렸다.

"생각해 보니까 정말 의문투성이로구나. 역시 그쪽 가정이 옳다는 건가."

"그쪽 가정이란 무엇입니까?"

무영의 질문에 얼른 답하지 못하고 동엽풍이 침을 삼켰다. 거침없던 지금까지와는 사뭇 다른 반응.

"듣고… 싶으냐?"

"예."

"어디까지나 추측일 뿐인데도?"

"상관없습니다."

"가슴이 메어지고 심장이 깨져 나갈지도 모른다. 그래도 괜찮겠느냐?"

"후후……."

무영이 허탈하게 웃었다.

충분히 메어지고 충분히 깨져 나갔다. 이만큼 메어지고 깨져 나갔는데 조금 더 메어지고 깨져 나가봐야 흔적이나 남을까?

웃음의 의미를 알아차린 동엽풍이 할 수 없다는 듯 입을 열었다.

"감내할 자신이 있다니 얘기해 주도록 하지."

눈을 부릅뜬 동엽풍이 돌발적으로 이야기를 꺼냈다.

"당하는 입장에서야 받아들이기 어렵겠지만 벽승악은 네가 생각하는 것만큼 치졸한 인간은 아니었다. 적어도 내가 아는 벽승악은 그랬지. 한 이십여 년 전까지만 해도 그는 괜찮은 인간이었다. 의가 무엇인지, 협이 무엇인지를 아는 무인이었다는 거지.”

믿기지 않는다. 관후대협이라는 그럴듯한 명호 뒤에 숨어서 저지르는 벽승악의 만행을 온몸으로 체험하는 무영에게 동엽풍의 이야기는 공허할 뿐이었다.

“영 못 미더운 표정이로구나. 그래, 네 생각은 일단 접어두고 마저 들어보려무나. 아무튼 벽승악이 지금처럼 변한 이유를 들려면 벽진악이 빠질 수 없다.”

“무슨 말씀이신지?”

“둘의 우애야말로 벽승악을 오늘날의 그로 탈바꿈시킨 원흉이 아닌가 생각되니까.”

알 수 없는 이야기의 나열이라 무영이 눈을 찡긋거렸다.

도통 앞뒤가 들어맞지 않는다.

“아직까지는 노부가 무슨 소리를 하는지 알기 힘들 것이다. 그래, 이제부터 말해주지. 흠.”

잠시 뜸을 들이던 동엽풍이 그답지 않은 한숨과 함께 뉘엿뉘엿 동 터오는 하늘을 응시했다.

“이십여 년 전, 아니, 정확하게 말해서 이십일 년 전, 슬하에 자식이 없던 벽승악과 벽진악이 나란히 아이를 가지게 되었다. 둘의 부인이 회임했다는 소리지.”

쿵, 쿵, 쿵—

심장에서 전해지는 박동. 어쩐지 더 이상 얘기를 들으며 안 될 것 같다. 반대로 뒷이야기가 너무도 궁금해서 미칠 지경이기도 하다.

한없이 이율배반적인 심리 상태에 괴로워하던 무영이 결국 토하듯 입을 벌렸다.

"그런… 데요?"

"오랜 기간 대를 잇지 못하던 벽씨세가였기에 겹경사라며 무척이나 기뻐했지. 강호 동도들도 벽씨세가의 경사를 진심으로 축복했다. 또 한 번 말하지만 그때의 벽승악은 관후대협이라는 말에 꼭 어울리는 사람이라서 가능했던 축하겠지."

쿵쿵쿵쿵—

점점 심해지는 박동. 무거운 쇠망치로 가슴을 난타당하는 느낌이라 허리를 굽히며 무영이 쥐어짜 내듯 말했다.

"그래… 서요?"

"호사다마랄까? 아니면 행복을 동시에 몰아주지는 않겠다는 하늘의 의지였을까? 두 사람의 부인은 거의 동시에 출산했다. 그리고……."

입술을 거칠게 우그러뜨린 동엽풍이 눈을 감았다.

"태어난 아이는 둘. 그중 울음을 터뜨린 아이는 하나였다."

쿵쿵쿵쿵쿵!!

이제는 빨라지다 못해 심장이 압축되는 것만 같아서 무영이 주먹을 쥐었다.

더 이상 들어서는 안 된다. 하지만 반드시 알아야겠다.

살아남은 아이가 누구인지.

"죽은 아이는 벽승악의 자식, 살아남은 아이는… 바로 너, 벽진악의 자식이었다."

꾸우우욱—

잔뜩 부풀어 오르는 가슴.. 숨조차 내쉬기 어려울 정도의 압박감.

진실은 대부분 잔혹한 법이다. 또한 그것을 받아들이지 못하면 발전이란 없다.

안다. 공자님 말씀과도 같은 격언 따위는 귀에 딱지가 앉도록 들어온 터다. 하지만 지독할 정도로 처참한 현실의 밑바탕이 질투와 시기로 얼룩진 시궁창이라면 정말이지……

터져 버릴지도 모른다.

"그날부터 벽승악은 이전의 그가 아니었다는 소리가 여기저기서 나오기 시작했다. 끊임없이 동생을 모욕하고, 무시하고, 때로는 업신여긴다고 했지. 아들을 잃은 상실감을 이해하지 못하는 건 아니었지만 벽진악에게 쏟아붓는 경멸은 도를 넘어선 것이라서 세가의 사람들마저 눈살을 찌푸릴 지경에까지 이르렀다고 했지."

"설마……."

"네가 지금 무슨 생각을 하는지는 잘 모르겠으나 대부분의 사람들은 벽진악의 아이가 대를 잇게 되어서 더욱 괄시하는 것 아니냐는 반응들이었다. 물론 드러내 놓고 말을 하지는 못했지."

동엽풍의 이야기가 환청처럼 기이한 울림으로 다가와서 그나마 붙잡고 있던 이성마저 사라지는 판이라 무영이 고개를 마구 저었다.

이것이 꿈이라면 최악의 악몽일 것이다.

"그리고 십팔 년 전, 벽진악은 지고 싶어도 질 수 없는 싸움에 임하러 나갔다가 부하들, 특히나 세가제일의 무장인 낙일천장마저 잃고 도주를 했다는 소문이 돌았다. 우스운 얘기지. 그가 상대한 집단이 누구인지 아느냐?"

무영이 뭐라고 말하기도 전에 동엽풍이 말을 이었다.

"하오문도? 절대 아니었다. 하오문의 궐기를 틈타 암약하던 범죄자들이 스스로를 하오문도라고 자처하면서 모인 어중이떠중이였다. 한마디로 지휘도 통제도 안 되는 쓰레기들이었다는 말이다. 그런 별 볼일 없는 존재들에게 천지웅풍 벽진악이 어찌 패할까?"

"하면……."

"벽진악은… 형이 놓은 덫에 걸렸을지도 모른다. 이는 소명 기회조차 변변히 주어지지 않은 상태에서 그야말로 즉결

처분을 내린 것만 보아도 충분히 의심할 수 있다. 덤으로 그
의 아들이자 향후 벽씨세가를 이끌 뻔했던 아이에 관한 이야
기는 거짓말처럼 무림에서 사라졌다. 마치 누군가 깨끗이 지
워 버린 것처럼."

"덫… 이라고요?"

"그렇다. 덫."

덫.

덫.

무엇이 진실일까.

이런 이야기를 왜 한 걸까?

왜 들었을까?

대체 왜.

세상이…….

거꾸로 돌고 있다.

욱신거리는 머리를 부여잡은 무영이 텅 빈 시선으로 가득
차오르는 아침의 빛기둥을 좇았다.

혹시…….

홀로 외롭다는 태양이 수많은 빛기둥으로 나뉘는 것처럼

진실이란 하나가 아니라 여러 가지가 아닐까?

거.짓.말.

시전 장돌뱅이가 늘어놓는 헛소리보다도 빈약한 거짓을 스스로에게 고해 어떻게든 위로받고 안정을 찾으려는 자신이 한심해서 무영이 고개를 무릎 사이에 처박았다.

숙부의 말이 모두 거짓이라면…….

"난 뭐지."

멍청하게 중얼거리는 무영을 지켜보던 동엽풍이 슬쩍 머리를 긁었다.

어쩌면 해서는 안 될 말이었을지도 모른다. 인간적으로 볼 때 몹쓸 짓이었다고 생각한다. 고작 하루의 인연으로 너무 나갔다는 정도는 안다.

하지만 필요하다.

이쪽도 절실하단 말이다.

생각이 정리되면…….

'그때 말해야겠지.'

태연하게 일어선 동엽풍이 아무 일 없었다는 듯 작별 인사를 건넸다.

"너무 늦었구나. 오늘은 여기서 얘기를 접도록 하자."

"에?!"

빠르게 현실로 복귀한 무영이 손을 내밀었다.

이렇게 간다고? 알고 싶은 일이 산더미처럼 많고, 반드시 알아야 할 것도 집채처럼 쌓였는데 이렇게 가겠다고?

"잠시, 잠시만!"

그의 애절한 부름에도 고개 한번 돌리지 않고 동엽풍은 그대로 사라졌다.

"시간은 많다, 시간은."

＊　　＊　　＊

공황상태로 맞이한 아침. 한숨도 자지 못해서 벌겋게 눈이 충혈됐지만 무영은 망부석처럼 그렇게 앉아 있었다.

만약 소음이 방해하지만 않았다면 그는 영원히 자리를 고수했을지도 모른다.

"이곳은 금지예요! 돌아가야 해요!"

"대형께서 계시는데 금지가 어디 있나? 말도 안 되는 소리야!"

"안 된다니까요?"

"괜찮아, 괜찮아! 경치 한번 좋다! 이래서 금지로 지정한 건가? 하하하!"

영기 발랄한 목소리들. 이십대의 푸름을 마음껏 발산하는 웃음소리가 장내를 맴돌자 깜짝 놀란 무영이 쇠사슬을 이끌고 서둘러 초옥으로 향했다.

본능적인 회피. 벽승악의 명 때문이 아니라, 몸을 숨겨야 한다는 마음의 부름이 무영을 이끌었다.

물론 이유는 모르는 채.

"정말로 만리붕익권(萬里鵬翼拳)을 대성하셨다고요?"

"그렇다네. 하하하!"

"곽 오라버니, 그럼 한번 보여주시겠어요?"

"뭐, 그렇게 하지!"

교태를 잔뜩 머금은 목소리에 우렁우렁한 음성이 호응하자 떠들썩한 웃음소리가 뒤따랐다.

싱그러운 젊음이기는 한데 무언가 가식적이다. 아니, 가식이 푸름을 잠식한다. 잔뜩 내세우고 싶어서 안달이 난 누군가와 혀에 꿀을 바른 누군가, 바보처럼 끌려 다니는 다수, 그리고……

이들과는 차원이 다른 둘!

'칠가의 자제들인가?'

호기심을 누르지 못하고 무영이 문틈 사이로 눈을 가져갔다.

열 명 남짓 모인 청년들. 정확하게 여섯 명의 사내와 네 명의 여인. 그중에는 무영도 익히 아는 얼굴이 포함되어 있었다.

난처한 얼굴로 다른 이들의 난입을 제지하려는 단목소설, 주눅이 들어 아무런 말도 못하는 벽산산, 그리고 다른 두 여인은 이들과 달리 화려한 옷매무새를 자랑했다.

"말씀만 하고 보여주시지 않을 참이에요?"

계속해서 무공을 보여달라고 조르는 여인, 가뜩이나 요염한 얼굴인데 입술 위의 점까지 더해지자 그야말로 색기가 줄줄 흘러서 그녀의 입이 벌어질 때마다 사내들의 눈가에 열기가 짙어졌다.

"종 누이, 금방 보여줄 테니까 너무 보채지 말라고!"

종려원. 칠가 가운데 세 번째인 종씨세가의 여식이다. 그리고 종려원에게 휘둘려서 입을 헤벌리는 바보가 칠가 가운데 다섯 번째 가문의 장자인 곽구였다.

커다란 덩치만큼이나 넉넉한 마음씨를 지닌 곽구는 사람이 못되거나 건방진 건 아니지만 멍청한 구석이 있어서 머리가 좋은 다른 칠가의 자제들에게 종종 이용당하곤 한다.

지금도 종려원이라는 여우는 뭔가를 노리고 그를 부추기는 것인데, 덩치만 커다란 바보는 이를 눈치채지 못하고 그저 허허거릴 뿐이었다.

"맞습니다, 곽 형님. 뜸 그만 들이시고 어서 보여주세요!"

허여멀건 한 사내, 단목소설의 오라비이자 칠가 가운데 일곱 번째 가문인 단목가의 장자인 단목중도 가세하자 곽구의 입은 찢어지기 일보 직전까지 벌어졌다.

"오라버니! 타 세가의 금지에 들어와서 그런 말이 나와요?"

　단목소설이 매섭게 다그치자 단목중이 고개를 돌리며 그녀를 외면했다. 똑 부러진 여동생과 다르게 단목중은 줏대라는 걸 찾아보기 어려운 위인이었다.

　"다들 좋아하잖아. 그냥 좋은 게 좋은 거라고."

　"그걸 말이라고 하시는 거예요?"

　"아아, 됐어, 됐어!"

　손을 내저은 단목중이 곽구에게 다가섰다.

　"오늘따라 곽 형님의 기태가 유난히 현양하다 싶었는데 역시 이유가 있었습니다그려."

　"그래? 아하하하! 역시 단목 동생의 안마는 시원하구먼. 어, 좋다."

　곽구의 어깨를 안마하며 단목중이 호들갑을 떨자 그 모습을 차마 지켜보지 못하고 단목소설이 두 눈을 감아버렸다.

　"자, 그럼 시작해 볼까?"

　몸을 풀며 장내의 중앙에 선 곽구가 주위를 돌아보았다.

　"권법은 자고로 대련을 통해서 진실한 위력이 드러나는 법이니까 누구든 나서보라고!"

　여러 사람을 지나치던 곽구의 시선이 한곳에서 멈췄다.

　"물론 대형님과 천 누이는 빼고요."

　그의 눈길이 머문 곳엔 일남 일녀가 있었다. 백의가 너무도 잘 어울리는 이십대 후반의 사내와 성스러운 분위기를 물씬 풍겨 흡사 천계의 선녀와도 같은 이십대 중반의 미녀.

천용군, 천용희.

칠가의 우두머리이자 강호에서 가장 강력한 발언권을 지녔다는 천가의 자손들.

그래서일까? 모두의 시선은 자연스레 천용군과 천용희에게 몰렸고 소란스럽던 장내도 자연스레 정리가 되는 느낌이었다.

"누가 있나."

시선을 옮긴 곽구가 한쪽 구석에서 천용희를 열심히 바라보는 청년을 가리켰다.

"종 동생, 나랑 놀아주겠는가? 어차피 종 누이도 내 권법을 보고 싶다고 난리니까."

지목당한 이는 종려원의 오라비인 종려광이었는데, 기생 오라비 같은 생김처럼 인간도 비열하기 짝이 없어서 강자에게는 머리부터 처박고 보는 유형이었다.

당연한 말이지만 자신보다 약하다 싶은 사람에게는 나찰보다 악랄하게 대하지만 칠가의 위세를 등에 업었기에 질책하는 이가 전무한 실정이었다.

곽구 역시 종려광의 인물 됨됨이를 마땅치 않게 여겨온 터라 일부러 그를 거론한 것이다.

"어떤가? 그저 손이나 풀자고."

"아! 아니, 저는……."

지목당한 종려광이 깜짝 놀라 손을 내젓는데 종려원의 꽃잎 같은 입술이 벌어졌다.

"아이, 곽 오라버니. 우리 오라버니께서 오늘은 몸이 좋지 않다고요. 그러지 말고 다른 이를……."

"저, 저는 검법을 익혀서 곽 형님의 상대로는 어울리지 않습니다!"

"저는 힘쓰는 일에는 관심이……."

도둑이 제 발 저리는 격일까?

십대 후반과 이십대 초반의 두 청년이 종려원의 말을 자르며 나섰다.

딱 보기에도 소심함이 물씬 느껴지는 이십대 초반의 청년은 칠가 가운데 여섯 번째 서열인 평가의 장남 평서만이었는데, 어찌나 존재감이 없는지 입을 열지 않으면 존재 자체가 잊힐 정도였다.

그리고 눈망울이 살아 있는 십대 후반의 청년. 칠가 중 네 번째 서열인 서문세가의 장자인 서문진이었는데, 자신의 말처럼 무학보다는 기관진식과 병법에 능했다.

둘의 강한 거부에 머쓱해진 곽구가 머리를 긁자 종려원이 나른한 음색으로 재잘거렸다.

"맞네요. 평 오라버니는 검법이 주니까 권각과는 어울리지 않고, 서문 동생은 무학과는 거리가 머니까……."

말을 늘어놓는 일방 종려원이 서문진을 그윽하게 바라보았다.

화끈!

목덜미까지 빨개진 서문진이 눈 둘 곳을 찾지 못하여 사방으로 시선을 분산시키자 입꼬리를 말며 요염한 미소를 머금은 종려원이 뱅어 같은 손을 뻗어 곽구의 어깨를 짚었다.

"제가 상대해 드리고 싶어도 곽 오라버니의 힘을 감당하기 어렵고… 아!"

이제야 생각났다는 표정으로 고개를 돌린 그녀가 입을 꾹 다물고 있는 벽산산을 가리켰다.

"맞다! 벽 동생도 권법을 익혔다지요? 그걸 생각 못했네!"

"음?"

"그렇잖아요? 벽 동생도 천가에서 노조파랑권(怒潮波浪拳)을 전수받았다고 들었어요. 노조파랑권이면 만리붕익권을 상대하기에 제격이라고 봐요."

이것이었다. 종려원은 처음부터 벽산산과 곽구를 붙이기 위해서 부지런히 입을 놀렸던 거다.

여왕벌이라고 했다. 어떤 자리에서든 모든 남성의 시선을 받고 싶고, 또 받아야만 직성이 풀리는 여자. 동성, 즉 같은 여자보다 남자에게 친절하고 애교를 부리는 유형.

종려원은 여왕벌이라는 말에 너무나 잘 어울리는 여자였다. 그래서 어떤 모임이든지 자신보다 우월한 여자가 나온다는 소리를 들으면 참석하지 않지만 칠포지회는 천가의 주관이었기에 끌려나온 거다.

　예외 중에 예외인 천용희야 애써 무시한다고 치고, 무학이나 성정, 기타 모든 면에서 자신보다 월등한 단목소설은 건드리기 무섭다 보니 결국 희생양으로 벽산산을 고른 거다.

　아니, 희생양이라기보다 자신의 집에서 벽산산에게 망신을 당한 종려원이었기에 벽씨세가에서 열리는 칠포지회는 설욕의 장으로서 충분했다.

　문제는 벽산산의 관점에서 그 사건은 망신이니 모욕이니 하는 감정적인 문제를 논할 일이 아니었다. 그래서 그녀는 자연스레 잊었고, 오늘 종려원이 이토록 치사한 방법으로 보복할 줄 몰랐던 거다.

第七章
그리고 쇠사슬 부딪치는 소리가 들렸다

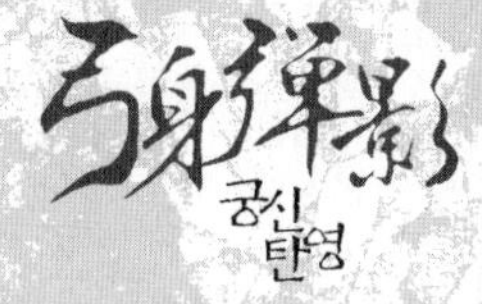

“벽 누이… 라면 너무 어린데……”

뒷목을 쓰다듬으며 곽구가 난처한 표정을 짓자 종려원이 흐드러지게 웃었다.

“오호호호! 벽 동생이 들으면 무척이나 섭섭할 걸요? 나이는 비록 우리 가운데 가장 어리다지만 벽 동생도 어엿한 무가의 여식! 무인의 피가 흐른다고요!”

말은 창산유수다.

“그래도 벽 누이와 손을 섞는다는 건 어쩐지……”

“죄를 짓는 기분이라고요? 무슨 죄요? 이건 어디까지나 비무라고요, 비무! 목숨을 담보로 하는 생사결도 아닌데 무슨 죄씩이나 나오는 거예요?"

"으음……."

궁리하던 곽구가 벽산산을 불렀다.

"벽 누이, 괜찮겠어? 조금이라도 불편하면 말해."

"음……."

벽산산은 올해로 열일곱, 그리고 곽구는 스물다섯이다. 나이도 나이려니와 타고난 신력을 바탕으로 펼치는 곽구의 권법을 벽산산이 받아내기란 무리.

하지만 곧바로 거절하기도 힘들다. 종려원의 말처럼 무가의 자식으로 생사결도 아닌 단순 비무를 회피한다는 건 어쩐지 자존심 상하는 일이니까.

'저 여우가!'

평소부터 못마땅했던 종려원인데 곽구를 부추겨 말도 안 되는 비무를 이끌어내자 단목소설의 눈가에 찬바람이 불었다.

"어처구니없군요. 지금 뭐하자는 거지요?"

"단목 누이?"

단목소설이 치고 나오자 곽구의 눈이 커졌다.

"곽 오라버니, 정말로 벽 동생하고 손을 겨루겠다는 거예요? 무려 여덟 살이나 차이가 나는 벽 동생하고? 이 사실이 무림에 알려진다면 강호 동도들이 뭐라고 할지 궁금하네요!"

"그, 그게… 나는……."

송곳 같은 단목소설의 추궁에 곽구가 쩔쩔매자 종려원이 입술을 꼭 깨물었다.

'저년이?

종려원에게 있어 단목소설은 말 그대로 눈엣가시였다. 미모면 미모, 무학이면 무학, 모든 면에서 자신보다 우위를 점하는데다 결정적으로 둘의 사이는 최악이다.

타고난 여왕벌인 종려원의 행동을 단목소설로는 이해할 수 없었고, 종려원은 종려원대로 열등감에 사로잡혀 단목소설을 외면했다.

그녀를 인정하는 순간 자신이 무너진다는 걸 잘 알기에.

"소설, 너는 끼지 않는 곳이 없구나? 다른 사람 일에 참견 그만두고 네 앞가림이나 잘하지 그래?"

종려원이 빈정거리자 단목소설이 차갑게 웃었다.

"남의 일이라……."

똑바로 종려원을 보며 단목소설이 입만 달싹였다.

"그 비무, 제가 받지요."

쿵!

"뭐라고? 단목 누이가 받는다고?"

"예."

단정하기 이를 데 없는 단목소설의 대답에 일순간 당황한 곽구가 멍청하게 입을 벌렸다. 사정은 종려원도 다르지 않아서 얼른 대응하지 못하고 주먹만 움켜쥘 뿐이었다.

“왜요? 제가 자격이 없다고 생각하시나요?”

“서, 설마!”

“그러면 문제없겠네요?”

상황을 단번에 역전시킨 단목소설이 곽구의 앞에 섰다.

이때,

“역시 권법은 권법으로 상대해야 보는 즐거움이 배가 됩니다. 그렇지 않습니까, 대형?”

못된 누이에 못된 오라비. 종려광이 천용군에게 더러운 입을 놀리며 다른 이들에게도 동의를 구했다.

“안 그런가, 서문 동생?”

“예? 예, 뭐······.”

기본적으로 종려광의 말은 틀린 구석이 없었다. 권법가의 권법을 견식하려면 병장기를 사용하는 사람보다 같은 권법가와 어우러져야 훨씬 괜찮은 그림이 나올 테니까.

“죽자고 매달리는 것도 아닌데 사람 가릴 것 있습니까? 그냥 권법가가 상대하는 편이 낫지요. 안 그런가, 단목 형?”

동갑인 종려광의 말에 단목중이 바보처럼 고개를 끄덕였다.

“뭐, 그렇지.”

있는 듯 없는 듯의 극치를 보여주는 평서만이 작게 고개를 끄덕이자 득의만만한 표정으로 종려광이 양팔을 벌렸다.

“대형, 어떠십니까?”

무표정한 얼굴로 종려광을 보던 천용군이 인상을 살짝 찌푸렸다.

재미없다. 부친의 명으로 매년 보는 얼굴들이지만 마음에 드는 구석이라고는 거의 없다. 그나마 단목소설의 여성답지 않은 패기와 서문진의 총명함이 그의 관심을 끄는 정도랄까?

"알아서들 하게."

귀찮다는 듯 말했지만 천용군의 대답은 종려광의 건의에 허락으로 비춰질 구석이 많았다.

"대형이 허락하셨으니 벽 누이가 수고해 줘야겠어."

"정말 이러실 거예요?!"

사갈 같은 종려원의 속내를 들여다보고 나선 것인데 종려광까지 나서서 자신의 의견을 묵살하자 단목소설이 발끈했지만 비열한 오누이에게는 할 말이 있었다.

"오, 소설, 대단하네?"

종려원이 은근히 비꼬자,

"지금 단목 누이의 발언, 대형을 거역하겠다는 의미로 받아들여도 되겠나?"

라고 종려광이 마무리 지었다.

빼도 박도 못하는 상황.

천가는 이런 존재다. 말 한마디, 행동 하나로도 육가의 사람들, 아니, 무림 전체에 치명적인 파급효과를 불러일으키는 대상이 바로 천가인 것이다.

하지만 이대로는 안 된다. 이건 억지다.

"제가 비무 상대로 부적합하다는……."

자신의 주장을 관철시키기 위해서 곽구에게 몸을 돌리려던 단목소설의 손목을 누군가가 움켜잡았다.

"그만하라, 단목 누이."

"천 대가?"

그녀를 제지한 이는 바로 천가의 소가주인 천용군이었는데, 다른 이들을 거명할 때는 호칭을 생략했으나 특이하게도 단목소설에게만 성을 붙여서 불렀다.

"놀게 내버려 두어라."

"하지만……."

"너는 내게 선택받은 사람이다. 장차 천가의 사람이 될 터이니 행동거지를 조심해야 한다."

"천 대가, 전에도 말씀드렸지만……."

"됐다."

천용군이 고개를 저으며 외면하자 무언가 반박하려던 단목소설이 고개를 푹 떨어뜨렸다.

천가는 거역해서는 안 되는 존재니까. 단목가를 위해서라도, 바보 같은 오빠를 생각해서라도 물러서야만 한다.

"선택을 받았다……."

문틈으로 상황을 지켜보던 무영이 명치 언저리를 손으로 눌렀다.

가슴이 시리다. 단목소설의 마음이 부담스럽기만 했는데. 그래서 그렇게 거절했는데.

어째서 마음이 아픈 걸까?

"단목 아가씨가 선택을 받았다……."

무엇인가 떠나간다. 정체를 알기 어려운 무언가가 떠나가는데 잡을 방법이 없어서 그저 허망한 눈으로 바라볼 뿐이다.

솔직히…

마음 한구석이 텅 비어버린다.

그녀가 고개를 떨어뜨리자 속으로 쾌재를 부른 오누이가 벽산산을 채근했다.

"자자, 벽 동생, 어서 나와."

"설마하니 곽 형님께서 벽 누이를 다치게라도 하겠는가? 편안한 마음으로 비무에 임해."

빼도 박도 못하는 처지에 놓이기는 벽산산도 마찬가지. 이 시점에서 하지 않겠노라고 말한다면 망신은 차치하고라도 천용군을 무시하는 것으로 간주되기 십상이다.

또한 그렇게 몰아가려는 의중을 당당히 드러내는 네 개의 눈동자가 그녀에게서 선택의 여지 자체를 앗아갔기에 벽산산이 숨을 크게 몰아쉬었다.

설마…….

‘멍청하지만 후덕한 곽 오라버니가 심하게 손을 쓰지는 않겠지!’

스스로에게 다짐하며 야무진 얼굴로 나선 벽산산이 곽구에게 포권으로 인사했다.

“벽씨세가의 벽산산이 곽 오라버니와 감히 손을 섞겠습니다. 초식은 천가의 노조파랑권. 사연을 담지 않는 비무이니만큼 서로 최선을 다해보아요.”

벽산산의 인사에 곽구도 내키지 않는 표정으로 마주 포권했다. 착하고 영리한 벽산산과 비무라는 형식으로라도 손을 섞기는 싫지만 어쩌다 보니 이렇게 돼버렸다.

“곽씨세가의 곽구가 벽 누이와 손을 섞겠네. 초식은 천가의 만리붕익권. 사연을 담지 않는 비무이니만큼 열심히 해보세나.”

입으로는 통상적인 인사를 건넸지만 전음으로 벽산산을 안심시키는 것도 잊지 않았다.

[벽 누이, 너무 걱정하지 마. 내가 살살 할게.]

둘의 하는 양을 차가운 눈으로 지켜보던 종씨 오누이가 누구도 모르게 코웃음을 쳤다.

과연 그렇게 될까?

인사를 마친 두 사람이 거리를 벌렸다.

선수 정도는 양보한다는 의미일까? 곽구가 옆으로 주먹을 한차례 내지르자 그 모습을 말똥말똥 쳐다보던 벽산산이 가벼운 기합을 터뜨리며 나섰다.

파박!

흙먼지를 일으키며 달려드는 벽산산의 모습은 흡사 수면을 지치며 날아오르는 제비와도 같았다.

"좋은 움직임이다!"

칭찬을 늘어놓으며 곽구가 옆으로 한 걸음 물러나면서 벽산산의 공세를 비껴냈다.

그 순간!

팟!

기다렸다는 듯 돌아선 벽산산이 오른발을 강하게 차올리자 대경한 곽구가 목을 뒤로 젖히며 발길질을 피했다.

단 한 번의 수세. 그러나 이것은 시작에 불과했다.

발길질을 흘려내기 위해서 어쩔 도리 없이 뒤로 물러난 곽구가 신형을 바로 세우기도 전에 한 마리 매처럼 다가온 벽산산이 득달같이 주먹을 뻗었다.

파— 악!

아련한 파공성과 함께 날아드는 주먹. 보기에는 느릿했지만 인지하는 순간, 면전까지 도달해 있었다.

"타앗!"

짧은 기합과 함께 곽구가 이화접목의 수법을 빌어 벽산산의 주먹을 흘리려고 손을 내밀었다.

휘릭!

손목과 손목을 겹쳐 한 바퀴 돌리려는 순간, 벽산산이 한 걸음 전진하며 팔을 꺾었다. 이렇게 되자 그녀의 팔꿈치가 불쑥 솟아오른 형국이 되어 곽구가 황급히 물러섰다.

"대단하군. 언제 벽 누이의 무학이 이토록 발전한 거지?"

서문진이 눈을 빛내자 단목소설의 입에서 뜻 모를 이야기가 튀어나왔다.

"발전이라기보다 본능에 의존하는 느낌의 박투. 어깨너머로 그분의 움직임을 보면서 몸으로 익혀 버린 것일까?"

"그분이라니요? 대체 누구를 말씀하시는 겁니까? 설마 벽 가주님을?"

알 수 없다는 표정으로 서문진이 물었지만 단목소설은 그저 웃음으로 응대할 뿐이었다.

'그런 분이 있단다. 지금은 고치에 갇힌 누에지만 껍질을 깨는 순간 천하를 뒤덮을 날개로 하늘 끝까지 치솟아오를 그런 분이.'

만만하게 보았다는 큰코다칠 지경이다!

언제나 막내였기에, 그리고 여성이라는 이유로 아끼기만

했던 벽산산에게 호된 공격을 당하자 정신이 번쩍 들었지만 이미 승세는 넘어간 터라 그의 손발은 어지러울 수밖에 없었다.

한번 빼앗기면 되찾기 어려운 보물.

기세란 그런 것이다.

'이렇게 되면…….'

결심을 굳힌 곽구가 팔에 힘을 실었다.

쿠르릉!

뇌성벽력이라도 치는 걸까? 곽구의 주먹에서 섬전과도 같은 불꽃이 피어났다가 사라졌다.

"벽 누이, 이제부터 조심하게."

곽구의 기세가 일순간 변하자 벽산산도 입술을 꼬옥 깨물었다.

"간다!"

힘차게 나선 곽구가 팔을 내지르자 은은한 진동이 장내를 휘돌다 사라졌다.

만리붕익권! 천가의 오대권법 가운데 하나가 드디어 모습을 드러낸 것이다.

"흡!"

엄청난 압박감! 지금까지의 곽구와는 차원이 다른 공세!

곽씨세가는 혈통적으로 유달리 거한이 많이 배출된다. 몸집만 커다란 것이 아니라 힘도 좋아서 강호인들은 종종 곽씨세가를 거력패가(巨力覇家)라고도 부른다.

지금까지 곽구는 벽산산이 행여 다칠까 봐 자신의 힘을 거의 사용하지 않았다. 그러나 벽산산의 성취는 의외로 놀라웠고, 따라잡기 어려운 움직임까지 보여서 어쩔 도리 없이 자신의 신력을 분출하는 것이다.

단순한 비무라 할지라도 곽씨세가의 장자로 임한 입장.

가문을 욕보일 수는 없다!

노도처럼 팔을 휘저으며 곽구가 나서자 벽산산이 뒤로 물러섰다.

바람을 가르는 정도가 아니라 아예 바람을 찢어발기는 곽구의 주먹질. 항우장사란 이런 경우를 두고 하는 말인가 보다.

쿠르릉!

힘찬 그의 주먹질이 지나가자 지면이 움푹움푹 파이고 흙먼지가 비산했다.

막아서는 그 무엇이라도 부숴 버릴 기세의 권력.

"타앗!"

날카로운 교갈을 지르며 벽산산이 새처럼 날아올랐지만 곽구의 육중한 권력은 그녀의 비상을 가로막았다.

쾅! 쾅!

전세 역전!

무림을 떨쳐 울리는 천가의 무학에 곽구의 신력까지 더해지자 벽산산은 바람 앞의 촛불처럼 흔들렸다. 초식이니 뭐니 무시하고 힘으로 몰아붙이니 방법이 없는 것이다.

'곤란해.'

민활한 움직임으로 피하고 있지만 이대로라면 결국 잡힐 터.

'아버님께서는 되도록 사용하지 말라고 하셨지만 어쩔 수 없는 상황. 이번만큼은 이해해 주실 거야.'

결심을 굳힌 벽산산이 야무지게 소리치며 주먹을 모았다.

"타아아!"

그녀가 뾰족하게 외치자 푸르스름한 광채가 벽산산의 전신에 덧씌워졌다.

"드디어 노조파랑권이로군."

종려광이 비웃듯 종알거리자 종려원이 썩은 미소를 베어 물었다.

"이제부터는 진검 승부라고 봐도 되겠네요."

"진검 승부지. 노조파랑권은 슬금슬금 상대할 수 없는 권법, 멍청한 곽가 놈도 최선을 다해야 할 거야."

팔짱을 낀 종려광이 키득키득 웃었다.

"그렇게 되면 우리가 바라는 대로 벽가 계집애는 큰 곤욕을 치를 테고 말이지."

승세를 굳혀가던 곽구도 벽산산의 몸에 어린 광채가 무엇을 의미하는지 잘 알기에 함부로 달려들지 못하고 눈을 빛냈다.

'노조파랑권……'

당연히 경계해야 한다. 노조파랑권은 자신이 익힌 만리붕익권보다 적어도 한 단계는 높은 수준의 권법이라고 세간에 알려진 무학이니까.

두 사람 모두 마지막 패를 꺼내 든 상황.

말 그대로 일촉즉발이다!

꿀꺽!

목울대가 출렁거릴 정도로 마른침을 삼킨 벽산산이 곽구의 주위를 빙빙 돌았다.

거대한 탑이다. 즐기고 놀 때는 몰랐는데 무인 대 무인으로 마주하니 참으로 묵직한 사람이다.

하지만 질 수는 없다. 무학을 익힌 시간만으로 놓고 본다면 결코 당해낼 수 없을지도 모르지만 가문의 명예를 짊어진 이상 절대로 패할 수는 없다.

"갑니다!"

"좋아!"

나름 앙칼진 고함과 함께 벽산산이 비조처럼 몸을 띄우자 두 주먹을 툭툭 맞대며 곽구도 성큼 나섰다.

"어떻게 생각하나?"

둘의 대치를 지켜보던 천용군이 묻자 천용희가 고개를 흔들었다.

"이론적으로는 당연히 노조파랑권을 익힌 벽 소저의 우세를 말해야겠지만 현실은 이론과 다르지요."

"그렇다면?"

천용군이 다시 묻자 천용희가 답했다.

"삼 초 이내로 곽 소협이 승리할 겁니다. 문제는……."

말을 끌던 천용희가 탄식처럼 이야기를 이었다.

"노조파랑권의 정교함을 넘어서려면 필연적으로 그것을 찍어 누를 힘이 동원될 텐데 벽 소저가 행여 다치기라도 할까 걱정되네요."

끝장을 내겠다는 기세로 서로에게 맹렬히 다가서던 두 사람이었는데 일정 지점에 이르자 벽산산이 천근추의 수법으로 동작을 멈췄다.

"어?"

몇 걸음만 더 가면 얽힐 거라 예상했던 곽구에게 있어 벽산산의 움직임은 뜻밖이었지만 내친김이라고 생각했는지 그는 그대로 돌진을 감행했다.

"하압!"

뇌전이라도 불러일으킬 기세로 번쩍이는 두 주먹을 곽구

가 휘두르자 엄청난 소음을 동반한 권력이 벽산산에게로 집
중되었다.

'아직 아니야!'

점차 다가오는 권력을 뻔히 지켜보던 벽산산이 빠르게 셋
까지 헤아리고 질풍처럼 몸을 돌렸다.

"탓!"

신형을 옆으로 틀어 곽구의 권력을 비껴낸 벽산산이 회전
하는 힘 그대로를 이용해서 오른발을 강하게 차올렸다.

잘 벼린 칼날처럼 예리한 발길질.

스각!

곽구가 가까스로 발차기를 피했지만 온전히 흘려내지는
못했는지 그의 영웅건이 잘려 나갔다.

'대단해!'

몸을 돌리며 곽구가 입술을 지그시 깨물었다.

정말 대단하다. 움직임 하나하나에 깃든 날카로움도 날카
로움이려니와 상황을 지배하는 순발력, 그리고 임기응변까
지.

'대체 누구를 사사한 걸까?'

긴장감에 땀마저 흘러내렸지만 곽구의 사정은 아랑곳없이
달려든 벽산산이 다채로운 공격으로 그를 몰아갔다.

파앗!

곽구의 옆으로 파고들며 벽산산이 푸르스름한 공세를 자

랑하는 주먹을 뻗자 철탑 같은 거한의 얼굴은 곤혹스러움으로 일그러졌다.

"야앗!"

흥이 난 걸까? 청명한 소리를 지르며 벽산산이 무릎을 차올리자 팔꿈치로 공격을 막은 곽구가 양팔을 깍지 껴서 태산 압정의 수법으로 내려쳤다.

위잉―

소리만으로도 끔찍한 파괴력의 공격.

문제는……

맞힐 수 없다는 거다.

타닥!

경쾌한 움직임으로 곽구의 공세를 피한 벽산산이 미끄러지듯 몸을 눕히며 양손으로 바닥을 짚고 두 다리를 차올렸다.

퍽!

깍지 낀 양팔을 풀지도 못한 상태에서 배를 가격당한 곽구가 비틀거리자 양손으로 지면을 밀어낸 벽산산이 반동을 이용해서 쇄도해 들어왔다.

타다닥!

무려 여섯 번의 공세!

다섯 차례의 주먹질로 견고한 곽구의 수비를 흐트러뜨린 벽산산이 마무리로 팔꿈치를 두 차례 밀어내자 절대로 물러서지 않을 것만 같았던 거한도 어쩔 도리 없이 물러서야만 했다.

‘안 되겠어.’

이대로는 무리다. 어차피 만리붕익권을 보여주겠다던 취지는 사라졌고, 그 자리에 승부만이 남았다.

그렇다면 이겨야만 한다!

승리하기 위해서는…….

‘미안하구나, 벽 누이.’

초식의 정교함으로 벽산산을 당해낼 수 없다는 걸 누구보다 곽구 자신이 잘 알고 있다. 또한 그녀를 꺾을 방법 역시 알고 있다.

비무라는 형식의 대타에서 잘 사용하지 않는 방법.

물러서던 곽구가 눈을 빛내자 승부를 마무리 짓겠다는 기세로 벽산산이 도약했다.

“오라!!”

곽구가 호기롭게 외치자 벽산산도 이에 호응하듯 쏜살처럼 달려들었다.

“이야얏!”

필승의 의지를 담은 주먹!

노조파랑권이라는 이름처럼 벽산산의 주먹은 성난 해일처럼 몰아닥쳤지만 곽구는 두 주먹을 불끈 쥔 그대로 미동조차 없이 거대한 파고를 응시할 뿐이었다.

“드디어 바보가 승부를 걸었군.”

종려광이 흥에 겨워 중얼거리자 종려원이 뱀 같은 혓바닥으로 붉디붉은 입술을 핥았다.

“바라던 그대로네요.”

노도처럼 밀려드는 벽산산의 권력은 아무런 저항 없이 곽구의 전신을 휩쓸었다.

타다다닥!

열여덟 차례의 주먹질에 온몸을 난타당한 곽구가 괴로움에 눈을 감는다 싶은 순간!

“하압!”

대갈일성을 내지르며 탄(彈)의 기세로 벽산산의 공격을 밀어낸 곽구가 대붕의 날개처럼 거대한 팔을 휘둘렀다.

파― 억!

“아악!”

미처 공세를 회수하지 못한 상황, 아니, 너무도 완벽하게 공격을 적중시킨 탓에 권력의 수발에는 신경조차 쓰지 않았던 벽산산에게 곽구의 반격은 충격적인 것이라 그의 주먹을 그대로 허용해야만 했다.

옆구리를 강타당한 벽산산이 비틀거리자 거대한 탑이 용틀임을 시작했다.

위이잉―

그냥 평범한 휘어 치기. 별다른 초식을 이용하지도 않은 공격 같았지만 곽구의 주먹질은 천가의 만리붕익권에다 자신의 힘을 실은 무지막지한 것이었다.

쾅! 쾅!

일순간 수세에 몰린 벽산산이 팔을 들어 곽구의 주먹을 막았지만 한 방 한 방이 내리꽂힐 때마다 팔뚝이 저릿저릿하고 정신이 아득해져서 피가 나도록 입술을 깨물었다.

아프다. 팔을 내리고 싶다. 하지만 그랬다가는 곽구의 주먹을 몸으로 감당해야만 할 터.

참아야 한다!

비바람에 흔들리는 갈대처럼 곽구의 주먹을 따라 흐느적거리던 벽산산의 무릎이 결국 꺾였다.

매에는 장사가 없는 법이니까.

"죽여! 죽여 버려!"

두 주먹을 쥐고 환호하며 종려원이 입술을 나풀거렸다.

"여러 계집애들 앞에서 감히 나를 망신 줘? 너 같은 건 죽어버려야 해!"

그녀가 부르짖는 망신이란 육 개월 전에 자신의 세가에서 벽산산과의 비무를 벌였던 상황을 말한다.

간만에 칠가의 여식들이 모두 모여서 다과회를 열던 중에 무가의 자식들이 으레 그러하듯 무공에 관련된 이야기가 나왔고, 순서처럼 천가의 무학이 거론되었다.

하사받은 천가의 무학에 관해서 열띤 토론을 벌이던 중에 종려원이 자신의 오라비가 받은 무공을 자랑하다 벽산산과 마찰을 일으키고 결국 서로의 주장을 비무로 입증하기로 했다.

결과는 칠 초도 버티지 못한 종려원의 완패. 노조파랑권에 관한 벽산산의 이해도는 생각 이상으로 높았기에 남의 어깨 너머로 견식한 무학 가지고는 상대할 수준이 아니었던 거다.

깨끗한 승부. 당연한 패배.

하지만 그날부터 종려원에게 있어 벽산산은 증오의 대상이 되었다.

천가의 무학, 그리고 오라비에 대한 무한한 믿음에서 비롯된 호기가 불러온 싸움이었지만 자기중심적인 인간들은 자신의 불리한 부분은 소거시킨 상태에서 사고하는 법.

그리고 오늘 벼르고 벼르던 복수가 시작되고 있다.

"죽여……."

광기를 머금은 종려원의 독백에 종려광마저 어깨를 움츠렸다.

가끔은, 아주 가끔은 감당하기 어려운 면모를 보이는 동생.

그래서 가끔은 무섭다.

퍼억!

몸이 들썩일 정도로 타격을 받은 벽산산이 이를 악물고 무
릎을 폈다.

'바보처럼!'

이대도강(李代桃僵). 살을 내주고 뼈를 취한다는 극단적인
방식을 택할 거라고는 전혀 생각하지 못했기에 결과적으로
벽산산의 공격은 화만을 자초한 격이 되었다.

철검도 맨몸으로 버텨낸다는 곽씨세가의 외문 무공을 경
시했다. 다정다감한 곽구의 평소 성정을 떠올리면서 싸운 탓
에 승기를 잡고도 굳히지 못했다.

'정말 바보처럼!'

자책감에 눈물이 쏟아질 것 같았지만 꿋꿋이 버티며 벽산
산이 어떻게든 반격의 실마리를 찾으려고 기회를 엿보았다.

"대단하군요! 저렇게 무지막지한 공세를 참아낸다니!"

천용희가 진심 어린 감탄을 보내자 천용군의 눈에서 광채
가 쏟아졌다.

"그 정도가 아니야. 버티는 일방 만회의 기회까지 잡으려
드는 눈치로군."

일반적인 관점에서 특별한 외문 무학 하나 없이 저런 공격
을 버틴다는 건 무리다. 그렇다면 벽산산은 가녀린 여성의 몸
으로 어떻게 곽구의 공세를 참아내는 것일까?

대답은 움직임이었다. 일방적으로 얻어맞는 것처럼 보이

지만 기실 벽산산은 양팔과 다리로 전신을 엄밀하게 보호하면서 끊임없는 움직임으로 정타를 흘리고 있었다.

본능에 가까운 움직임. 만약 이러한 동작이 없었더라면 승부는 벌써 났을 터.

"하지만 반격을 시도하는 순간, 걷잡을 수 없는 수렁으로 떨어질지도 모르지."

단단하다. 거북이라도 이토록 견고한 방어를 유지한다는 건 무리일 것이다. 그렇다고 살수를 쓸 수는 없는 노릇.

방법을 바꿔야 한다.

때리다 지쳤을까? 매섭게 몰아치던 곽구가 숨을 헐떡이며 뒤로 물러섰다. 무식하리만치 커다란 주먹도 풀어버린 것으로 보아 정말로 피곤한 기색이다.

축 처진 오른팔! 기회다!

웅크리고만 있던 벽산산이 고개를 들며 번개처럼 뛰쳐나왔다.

그 순간, 힘없이 하늘거리던 곽구의 오른팔이 커다란 포물선을 그리며 벽산산을 덮쳤다.

삽질처럼.

뻐억—

비명조차 없었다. 아래에서부터 위로 올려친 곽구의 주먹질에는 가공할 위력이 담겨 있었고, 벽산산의 턱은 그것을 감당할 만큼 단단하지 않았다.

훌훌 날아가는 벽산산을 따라붙으며 승부를 결정짓기 위해 마지막 공격을 날리던 곽구가 깜짝 놀랐다.

벽산산은 이미 기절한 터였으니까.

"아, 안……!"

이미 곽구의 주먹질은 시작된 상태. 원래 무학은 내쏘는 것보다 거두어들이는 것이 몇 배는 어렵다고 했다. 하물며 만리를 난다는 봉황새의 날갯짓이면 오죽하겠는가?

바람 앞의 촛불과도 같은 상황.

그리고 쇠사슬 부딪치는 소리가 들렸다.

철커덩!

第八章
소지삼보

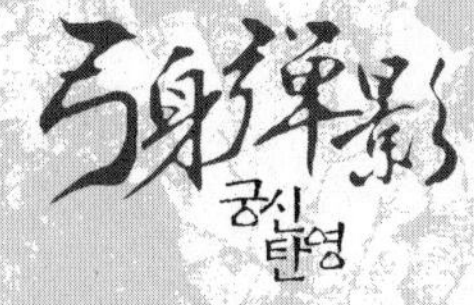

퍽!

귀신일까?

오른손으로 벽산산을 받아 들고 왼손만으로 자신의 공세를 막아낸 사내를 망연히 바라보던 곽구가 고개를 돌렸다.

'삼 장!'

사내는 찰나지간에 무려 삼 장이라는 거리를 격하고 나타나 벽산산을 안전하게 받아낸 것으로도 모자라 자신의 만리붕익권까지 막아냈다.

"누, 누구……?"

추레한 몰골, 고름과 딱지로 도배된 괴물 같은 얼굴, 하지만 사내의 음성은 생김새와 달리 너무나 맑고도 청아했다.

"승부가 났는데 이럴 필요는 없잖소?"

그렇게 하고 싶었다. 공격을 막아준 사내가 내심 고맙기까지 하다. 하지만 자존심이 상하는 건 어쩔 도리가 없다.

"누구냐고 물었지 않나?"

갑작스러운 사내의 등장에 넋이 나갔던 곽구가 정신을 차리고 엄하게 물었다.

"내가 누구인지는 중요하지 않다고 보오. 다친 사람 없이 비무가 끝나서 다행이오."

"공자님 같은 타령은 그만두고 정체를 밝혀라!"

종려광이 나서자 종려원도 뒤따랐다.

"이 구역질나는 괴물아! 네가 뭔데 감히 칠포지회의 행사에 끼어드느냐!"

언제부터 비무가 칠포지회의 행사로 자리매김했는지 모르지만 종려원은 사내를 증오와 경멸이 뒤섞인 눈망울로 노려보았다.

곽구의 마지막 한 방이면 죽지는 않을지라도 벽산산은 커다란 곤욕을 치렀을 판이다. 족히 서너 달은 치료를 해야만 정상적인 활동이 가능했을 텐데.

자신을 건드리면 어찌 되는지 똑똑히 알려줄 기회였는데.

괴물이 모든 것을 망쳤다!

"네가 지금 벌인 일이 어떤 파급효과를 초래할지 상상도 못할 것이다. 무가의 자식이라면 멸문에 준하는 죄이고, 문파에 소속된 인물이라면 봉문을 면치 못할 것이다!"

악다구니를 쓰며 종려원이 나서다 사내의 얼굴을 직시하고 헛구역질을 했다. 사정은 천용희도 마찬가지라서 무표정을 유지하던 그녀가 고개를 돌려 사내를 외면했다.

그는 너무나 추괴했으니까.

오로지 단목소설만이 열기 어린 눈초리로 사내를 직시했다.

'어쩌다 그리되신 겁니까? 돌림병이라도 걸리신 겁니까, 아니면 벽 가주님께서 장난을 치신 겁니까? 하지만 소녀는 상관없답니다. 관옥 같은 예전도, 지금의 당신도 소녀에게는 영원한 우상이니까요. 다만……'

어쩌자고 이 자리에 모습을 드러내신 겁니까?

그녀가 안타까움에 눈시울을 붉히는데 약이 오를 대로 오른 종려원이 바락바락 소리쳤다.

"어서 고하지 못할까? 누구냔 말이다!"

하지만 사내는 요지부동, 어떠한 움직임이나 대답없이 서늘한 눈으로 장내를 굽어볼 뿐이었다.

"이런 발칙한 놈을 보았나?"

호기롭게 나선 종려광이 습관처럼 천용희를 한번 돌아보

고 사내를 가리키며 고함을 쳤다.

몸이 아파서 간단한 비무조차 임할 수 없다더니 이제는 다 나았나 보다.

"지금의 상황을 이해하지 못하는 모양이니 몸으로 깨닫게 해주마."

거드름을 부리며 다가서는 종려광을 응시하는 사내의 눈에 귀신의 겁화가 피어났다.

이놈이다!

한 떨기 꽃보다 가녀리고 아름다운 누이를 괴롭힌 원흉이 바로 이놈이란 말이다!

다른 이들은 몰라도 네놈만큼은…….

용서할 수 없다!

사내가 무슨 생각을 하는지 전혀 알 수 없었기에 실실거리며 걸음을 옮기던 종려광이 기습적으로 주먹을 뻗었다.

비열하게도.

하지만 치사한 행동거지와 달리 종려광의 공격은 매우 빠르고 정확했다.

이른바 소리마저 제압할 정도의 초쾌권(超快拳)!

또한 사내와 종려광의 거리는 매우 가까웠기에 쾌속을 위주로 하는 무학은 치명적인 위력을 발휘할 수밖에 없었다.

예리한 눈썰미가 아니라면 발출의 순간조차 포착하기 어려운 주먹질. 손을 들어서 막거나 신형을 옆으로 이동시켜서 피한다는 것은 무리.

그래서 사내는 철판교의 수법으로 몸을 젖혔다.

위잉—

반드시 맞을 것 같았던, 또 맞을 수밖에 없을 것 같았던 종려광의 주먹은 허무하게도 텅 빈 공간을 갈라야만 했다.

"어?!"

자신의 주먹이 어째서 목표물을 맞힐 수 없었는지를 이해하지 못한 종려광이 바보 같은 소리를 내는데 그의 면전으로 무언가가 불쑥 솟아났다.

쾅!

"어이쿠!"

휘어졌던 허리의 탄성을 이용해서 그대로 몸을 세우자 사내의 머리와 종려광의 머리가 부딪쳤다.

돌발적 상황이었지만 마치 예정된 박치기처럼 위력적인 머리 공격에 종려광이 이마를 짚으며 물러서자 한 걸음 따라붙은 사내가 그의 손을 밀어내며 재차 머리를 박아 넣었다.

콰직!

"지금 무엇을 본 거지요?"

천용희가 화들짝 놀라자 천용군이 턱을 문지르며 이채로

운 눈으로 무영을 좇았다.

"등장부터 심상치 않더라니……."

삼 장이라는 거리를 단숨에 격했던 빠르기에 정신이 팔린 이들과 달리 천가의 오누이는 벽산산과 곽구 사이로 물 흐르듯 자연스럽게 끼어들었던 무영의 움직임을 주시했다.

그건 완벽에 가까운 기회 포착이었다.

"본능의 부름에 순응하는 움직임. 적절하다는 말로는 턱없이 부족한 상황 판단 능력. 저자는 한 마리의 야수다."

"야수……."

천용희가 뇌까리자 천용군의 입가에 기이한 사선이 걸렸다.

"또한 야수는 길들이는 맛이 있다지."

다시 한 번 머리를 가격당하자 낮임에도 불구하고 수많은 별과 조우하던 종려광이 가까스로 정신을 차리고 반격을 도모했지만 사내는 그의 시야에서 벗어났다.

"어?"

종려광이 사라진 사내를 찾으려 고개를 돌리는 순간, 그의 옆으로 무언가가 불쑥 솟아났다.

"이놈!"

깜짝 놀란 종려광이 급하게 손을 쳐냈지만 그의 주먹은 빈 공간과 조우해야만 했다.

왜?

반대편에서도 사내는 나타났으니까. 아니, 자신을 둘러싼 모든 지점에서 동시다발적으로 사내가 모습을 드러내자 종려광의 눈가에 경악이 어렸다.

"뭐, 뭐야?!"

포양보!

자신을 돌봐주는 소노를 생각하면서 무영이 창안해 낸 소지삼보 가운데 첫 번째인 소지관양의 완성형!

이른 아침, 수천, 수만 개로 갈라진 태양의 아이들과 만난 소노가 셀 수 없으리만치 많은 빛기둥 사이를 부지런히 다니며 비질로써 하루를 여는 모습을 형성화한 보법.

그의 현란한 움직임에 넋을 놓던 종려광이 이를 부드득 갈았다.

"이런 장난질에 놀아날 거라 생각했느냐?!"

양팔을 들어 올린 종려광이 사방팔방으로 마구 장력을 뿌려대자 사내의 분신들이 하나둘 제거되었다… 고 생각들 무렵,

스르르—

다시 생겨난다!

아침 햇살에 녹아내리는 고드름처럼 사라지던 사내의 분신들이 반대편에서부터 하나하나 되살아나 종려광에게로 밀려들었다.

충만보!

소지삼보 가운데 두 번째인 허소재만을 밑바탕부터 뜯어 고친 초식!

가진 것이라고는 빗자루 하나가 전부였지만 마음만큼은 부자인 소노의 호방한 나이테를 여과없이 그려낸 보법.

"어? 어?"

어디서부터 시작인지, 어디가 끝인지 모를[無始無終] 기기묘묘한 변화에 종려광이 아무런 대처도 하지 못하고 허둥거리자 사내가 마지막 발걸음을 옮겼다.

팍!

그리고 종려광은 완벽하게 분리된 두 사람의 사내를 대해야만 했다.

망향보!

소지삼보 가운데 마지막인 방소망향의 장점만을 극대화시킨 보법!

비록 몸은 고된 타향살이에 힘들고 지쳤지만 가슴 한구석에 고향의 흙냄새를 간직한 소노의 당당한 망향가를 사내의 방식대로 화답한 일종의 답가(踏歌).

난생처음 접하는 기경한 상황에 종려광이 아무런 대응을 하지 못하고 둘로 분열된 사내를 멍청하게 바라보는데 그중 하나의 오른손이 힘차게 뒤로 젖혀졌다.

완벽한 무방비! 만약 저 손이 내쳐진다면 끔찍한 사태가 벌어질 것이다!

그리고 천용군이 움직였다.

"거기까지."

상황을 지켜보던 천용군이 손을 까딱이자 사내의 앞을 한 줄기 바람이 막아섰다.

회오리와도 같고 칼날과도 같은 바람이.

팍!

'큭!'

바람에 격중당한 사내가 비틀거리자 천용군이 한 번 더 손을 까딱였다.

팍!

위력적인 바람에 두 번째의 사내가 공중에서 서너 차례 제비를 돌다 지면에 처박혔지만 그런 와중에도 오른팔을 들어 올려 벽산산만큼은 보호했다.

'뭐야? 정말로 완벽한 분신이었다는 건가?'

깜짝 놀랐지만 천용군은 내색하지 않고 정신을 차린 종려광이 사내에게 달려드는 것을 제지했다.

"너도 그만해라."

"예? 아… 예……."

진한 아쉬움, 그리고 증오와 살의를 담은 눈으로 사내를 쏘아보던 종려광이 힘없이 돌아서자 천용희가 꿈틀거리듯 바닥을 기는 사내의 앞에 섰다.

"묻겠다. 너는 누구냐?"

하지만 사내는 여전히 답을 하지 않았기에 천용군의 눈썹이 역팔 자를 그리자 호가호위가 무엇인지를 보여주려는 듯 종려광이 나섰다.

"썩 대답하지 못할까? 벽씨세가의 사람이라면 벽승악 가주도 같이 책임을……."

이때 중후한 음성이 장내에 내려앉았다.

"저자는 우리 가문의 일원이 아니라네."

모두의 시선을 받으며 등장한 중년인, 벽승악이었다.

천천히 모습을 드러낸 벽승악이 사내에게서 벽산산을 빼앗아 들었다.

"이 아이에게 벌어진 일은 나중에 따지기로 하고……."

묵직한 시선으로 칠가의 자제들을 하나하나 훑어보던 벽승악이 그림 같은 자태의 천용희를 지나 의혹 어린 눈길로 사내를 바라보는 천용군을 응시했다.

"자네들의 화기애애한 자리를 방해한 저 사내는 우리 가문의 죄인일세. 중한 죄를 범한 죄인의 자식이지. 그러나 나이가 어려서 명줄은 끊지 못하고 이렇게 가둬두었는데 멍청하게도 기어나왔구먼."

그의 말에 종려광이 따져 물었다.

"대체 그 죄인은 누구이며, 죄명은 또 무엇입니까?"

"누구냐고?"

잠시 숨을 멈춘 벽승악이 단목소설에게로 시선을 움직였다.

"이자가 누구인지 네가 설명해 주겠느냐?"

그의 말에 모두의 시선이 단목소설에게로 모아졌다.

"단목 누이가 이놈의 정체를 안다고요?"

종려원이 입을 떡 벌렸고,

"누구입니까? 대체 누구예요?"

서문진이 총명한 음성으로 물었으며,

"나도 궁금하군."

곽구가 우렁우렁한 목소리로 그녀의 대답을 재촉했다.

잔인하다. 벽승악은 자신의 입을 통해 무영의 정체를 폭로함으로써 그를 더욱 비참한 지경으로 몰아가려 한다.

그렇지만 말을 해야만 한다. 자신이 입을 열지 않는다면 그는 다른 방법으로 비참해질 테니까.

벽승악은 그런 인물이다.

흔들리는 눈망울로 무영을 응시하던 단목소설이 모진 마음을 먹었다.

"저부… 아니, 저 사람의 이름은 무영. 그의 아비는 세가에 역심을 품고 벽승악 가주를 암살하려 했던……"

말을 끌던 그녀가 한숨처럼 이야기를 마무리 지었다.

"…벽진악입니다."

그녀의 입을 통해 거론된 이름이 불러일으킨 파장은 컸다.

"벽진악이라면?"

"십팔 년 전에 하오혈난에서 패하고 제 한 목숨 부지하려 도망쳤다는?"

"패전의 책임을 지기 싫어서, 또한 형님이었던 벽승악 가주에의 열등감으로 암살을 시도했던 벽진악?!"

모두가 정신없이 떠드는데 조용히 눈꺼풀을 들어 올린 무영이 하늘가에 시선을 두었다.

새벽에 들었던 이야기, 세간에 알려진 이야기.

진실은 무엇일까?

빙글빙글 돌아가는 하늘.

죽은 자는 말이 없다.

넋을 놓은 무영과 달리 종려광은 집요하게 그의 문제를 걸고넘어졌다.

"그렇게 커다란 죄를 지은 인간의 자식에게 무학을 가르치다니! 이게 말이 된다고 생각하십니까?"

벽산산을 받아 들 때 사내가 보인 움직임, 그리고 곽구의 만리붕익권을 와해시킨 동작. 결정적으로 종려광 자신이 당했다.

귀신같은 움직임에!

'꿈이 아니야! 절대로 헛것을 본 게 아니라고!'

근거리에서 자신의 빠른 주먹질을 어쩌다 보니 철판교의 수법으로 피하고, 그 반동 때문에 몸을 일으키다 보니 우연처럼 자신과 머리를 부딪쳤다?

'절대 아니지!'

생각지도 못한 박치기를 당해서 백주에 허깨비를 보았다
는 건 더더욱 말이 안 된다. 그렇다면 자신 말고도 나머지 여
덟 사람이 보인 놀람이 설명되지 않으니까.

벽진악의 자식이라는 놈은 분명 무학을 익혔다. 그것도 녹
록지 않은 무학을.

"맞네. 우리 산산이의 호위라도 시켜볼까 해서 무학을 조
금 가르쳤지. 그런데 보다시피……."

무영을 가리키며 벽승악이 인상을 찌푸렸다.

"저렇게 괴이한 병을 얻어버렸다네. 사람의 몰골이라고 보
기 힘들 정도로 흉하게 변했어. 거기다 광증까지 있어서 정신
을 놓곤 하지. 그래서 이렇게 유배시켰다네."

논리 정연한 벽승악의 설명에 천용군이 의혹의 빛을 거두
어들였다.

"자, 그럼 이해가 된 것으로 알고……."

"으음……."

벽승악이 뭔가를 말하려는데 벽산산이 깨어났다.

"괜찮은 거냐?"

걱정이 담긴 물음에 벽산산이 고개를 끄덕였지만 벽승악
의 굳은 표정은 풀리지 않았다.

이빨로 깨물어서 터진 입술과 팔뚝 이곳저곳에 격타당한

흔적.

"대체 무슨 일이 벌어졌던 게냐?"

벽승악의 질문에 벽산산이 곽구와 벌였던 비무를 이야기했다.

"결국 천가의 초식을 사용하고, 이대도강의 수법으로 승리를 거두었다……. 비무치고는 참으로 치열했구면, 참으로 치열했어."

일부러 크게 말을 되새기던 벽승악이 죄송스러움에 몸을 웅크린 곽구의 어깨를 부드럽게 두드렸다.

"괜찮네, 괜찮아. 젊은 시절엔 누구나 승부욕이 강한 법이지. 주체하기 어려운 힘도 꿈틀거리고."

아무리 비무였다고 할지라도 자신의 딸, 그것도 이제 열일곱의 소녀가 여덟 살 연상의 거한에게 일방적으로 두드려 맞았다면 누구라도 분노할 것이다.

그렇지만 벽승악은 이해한다면서 웃었기에 젊은이들은 속으로 과연 관후대협이라며 흠모의 정을 품었다.

"됐네, 됐고. 그럼 자네들의 흥취를 깨뜨린 아이는 어찌 처리하려는가?"

"아니, 저 친구는 사실……."

곽구가 입을 열려는 순간, 종려원의 싸늘한 전음이 날아들었다.

[곽 오라버니, 쓸데없이 저 괴물을 두둔한다면 모든 화살이

오라버니에게 돌아갈지도 몰라요.]

벽산산은 승부의 마지막을 기억하지 못한다. 그렇기에 곽구가 불필요한 결정타를 날리려 했다는 사실을 전혀 모른다. 바로 그것으로 종려원은 곽구를 압박했던 거다.

순간적으로 꿀 먹은 벙어리가 되어버린 곽구가 어깨를 늘어뜨리자 단목소설이 주먹을 쥐었다.

지금의 상황은 종씨 오누이가 주도하고 있다. 그렇기에 무영을 변호한다면 어떤 식으로든 자신, 또는 자신의 세가를 표적으로 사악한 오누이가 일을 벌일 터.

천가 오누이의 눈과 귀를 의식할 수밖에 없는 형편이라 단목소설이 처연하게 웃었다.

'나 역시 오라버니와 다를 바가 없는 인간이다.'

복잡한 계산속에 젊은이들이 침묵하자 난처한 표정을 지으며 벽승악이 탄식했다.

"어떻게 하면 자네들의 분이 풀리겠는가? 원하는 바를 말해주게."

"원하는 바요?"

표독스럽게 입을 연 종려원이 무영을 가리켰다.

"저 괴물을 치도곤내도 우리의 분이 풀리지 않을 거예요! 그렇지 않나요?"

좌중을 돌아보며 그녀가 선동하자 벽승악이 고개를 끄덕였다.

“알았네. 자네들의 뜻이 그러하다면 체벌을 가하게. 하나 사람의 목숨은 소중한 것이니 너무 심하게 다루지는 말게나.”

마지막까지 대인다운 풍모. 그 말을 남기고 몸을 돌린 벽승악이 성큼성큼 걸음을 옮겼다. 워낙 빠른 걸음 때문에 그가 내쉰 안도의 한숨은 누구도 듣지 못했다.

마음의 소리까지도.

‘큰일 날 뻔했군. 천가의 자식에게 들키기라도 했다면… 생각만 해도 끔찍한 일이로군. 모든 계획이 물거품처럼 스러질 순간이었어.’

벽승악이 홀연히 자리를 뜨자 무영의 처벌에 관해서 갑론을박이 벌어졌다.

이들 중에서 그나마 인간적인 곽구가 무영을 두둔했다.

“딱히 이자가 잘못한 건 없잖아? 그냥 용서하지그래?”

“잘못한 것이 없다니, 그 무슨 말씀이십니까?”

바로 치고 나온 종려광이 분통을 터뜨렸다.

“우리가 누구입니까? 차대의 칠가를, 아니, 무림을 이끌 사람들이 아니겠습니까? 그런 우리가 죄인의 자식에게 방해를 받고 농락당했다 이 말입니다! 딱히 잘못한 것이 없다니, 그 무슨 말씀입니까?”

장황한 종려광의 연설에 곽구가 입맛을 다시며 물러섰다.

"그 말이 맞네. 저런 놈은 본때를 보여줘야지. 암, 그래야 하고말고."

줏대없기로 둘째가라면 서러운 단목중이 이번에도 바보처럼 맞장구 치자 한껏 기세가 오른 종려광이 평서만과 서문진의 동의를 억지로 끌어냈다.

기가 막히는 순간이었지만 나설 수도 없는 처지라서 단목소설은 눈을 감았다.

비열한 오누이의 손에서 마음의 정인을 지켜주지 못하는 자신.

원망스럽다. 참으로 원망스럽다. 가문의 안위라는 굴레를 내세워 숨어버리는 자신이 원망스럽기 짝이 없지만 결국 나서지 못하고 외면을 택한다.

"대형, 모두가 동의했습니다! 처벌의 수위를 말씀해 주세요!"

종려광이 득의만만한 얼굴로 턱을 치켜들자 천용군이 쓰게 웃었다.

참으로 졸렬한 작자다. 칠포지회만 아니라면 상종하고 싶지 않은 종자다. 그렇지만 자신은 칠가를 이끄는 천가의 장자, 어처구니없는 장단도 가끔은 맞춰줘야만 한다.

하지만 가끔은 예외도 있는 법.

늘어져 있는 무영에게로 걸어간 천용군이 무릎을 굽혀 그와 눈을 마주했다.

추악하다. 끔찍한 몰골이다. 오래도록 본다면 매스꺼워져서 아침에 먹었던 음식물을 게워낼 얼굴이다. 어떻게 이런 생김새로 살아갈 수 있을까.

"나는 천용군이다. 천가의 후대를 이을 사람이지."

천용군이 무영에게 말을 걸자 모두가 깜짝 놀랐다.

"대, 대형, 그런 괴물에게 말을 거시다니요? 체통에 금이 갈까 걱정……."

"지금 네가 나의 말을 끊고자 하느냐?"

호들갑을 떨던 종려광이 천용군의 한마디에 입을 가리며 물러섰다. 그를 제지한 천용군이 이야기를 이었다.

"수많은 사람들을 만났지만 너는 처음으로 내게 호기심이라는 감정을 불러일으킨 인간이다."

심유한 눈으로 무영을 보던 천용군이 빠르게 말했다.

"단도직입적으로 제안하지. 나를 따르겠느냐?"

충격적인 제의. 모든 젊은이가 놀라고 무영 또한 눈을 휘둥그레 뜨자 천용군이 엄지로 자신을 가리켰다.

"나를 따라라. 부귀영화를 약속하기는 힘들지만 이것 하나는 선사하마."

주먹을 불끈 쥔 천용군이 벌떡 일어서며 외치듯 말했다.

"이 순간부터 자유를 주겠다! 벽승악 가주가 반대한다면 설득할 것이고 벽씨세가가 막아선다면……."

천용군의 눈에서 바위라도 녹여 버릴 열기가 줄기줄기 뿜어져 나왔다.

"밟아버릴 것이다!"

절대기개세!

이 순간의 천용군은 대국의 주재자이자 천하의 주인이었다. 그 누구도 거스를 수 없는 절대자였던 거다.

"네 미래를 내게 다오."

천용군이 손을 내밀자 숨을 죽이고 이 광경을 지켜보던 모든 사람의 시선이 그곳으로 향했다.

당연한 대답을 기다리는 분위기. 누가 있어 저 손길을 거부할까?

너무도 당당한 천용군의 태도에 문득 무영이 헛웃음을 흘렸다.

한 번도 거부당해 본 적이 없으리라. 단 한 번도 자신의 의견이나 제안이 무시된 적이 없을 것이다. 저런 자부심은 아무나 품을 수 없는 성질의 것이었으니까.

태어나는 것만으로 선택받은 사람. 태어나면서부터 모든 것을 가진 인간.

그래서……

거부감이 든다.

자신만만한 기세로 활짝 펴진 천용군의 손을 응시하던 무영의 입이 열렸다.

"그럴 수는 없습니다."

“뭐라?”

“그럴 수 없다 했습니다.”

“어째서?”

굴러들어 온 복을 걷어차도 유분수다. 강호에서 가장 강대한 세가의 소가주가 노예에 가까운 신분에서 해방시켜 주는 것은 물론, 나아가 장래까지 보장해 준다는데 거부라니?

어이없다는 시선을 한 몸에 받았지만 무영은 당당했다.

“소가주님의 제안, 진심으로 감사드리오나 천형과도 같은 이 쇠사슬은…….”

자신의 발목을 옥죄는 쇠사슬을 굽어보던 무영이 선언하듯 말했다.

“반드시 제 힘으로 끊고 싶습니다.”

그의 굳은 의지가 느껴져 천용군과 천용희의 눈가에 또 한 번 이채의 빛이 어렸다.

‘으음…….’

이곳에 모인 바보 모두를 합쳐도 부족한 사내. 그래서 얻고 싶었지만 이런 유형의 인간들은 부러지면 부러졌지 절대로 굴복하지 않는다는 사실을 잘 알기에 천용군이 고개를 흔들었다.

아쉬움은 모욕감으로, 모욕감은 분노로 화했다. 태어나서 처음으로 겪어본 좌절. 하필이면 그 대상이 추악하고 괴상한 죄인의 자식일 줄이야.

'건방진 놈, 너는 오늘의 결정을 평생 후회하게 될 것이다.'

설득은 실패로 끝났다. 그렇다면 아무런 일도 없었던 것처럼 천가의 소가주로서의 자신을 연기해야 한다.

"그럼 없던 일로 하지."

분기를 가까스로 숨기며 천용군이 몸을 돌려 금방이라도 무영을 쳐 죽이고 싶어서 안달이 난 종씨 오누이를 바라보았다.

"자, 이제는 처벌을 논해야겠지. 어찌하면 좋겠나?"

천용군이 자신에게 의견을 묻자 꿀 먹은 벙어리 신세에서 선택받은 사람으로 환골탈태한 종려광이 기세 좋게 말했다.

"죄는 매로 다스리라 했습니다. 하지만 너무 과하면 칠가의 명예를 더럽힐 수도 있으니 너그러운 마음으로 각자 열 대씩만 치도록 하지요. 지닌바 삼성의 공력만으로 말입니다. 어떻습니까?"

"열 대?"

말이 좋아 열 대지 모인 인원이 전부 때린다면 백 대가 된다. 거기다 삼성의 공력을 사용한다면 제아무리 맷집이 좋은 사람이라도 너덜너덜해질 터.

"그렇게 하지."

귀찮아서 허락한 천용군이 먼저 나서서 연거푸 십 장을 내질렀다.

파바바방!

"커흑!"

새우처럼 몸을 구부리며 괴로워하는 무영을 바라보지도 않고 천용군이 자리를 비우자 복잡 미묘한 표정으로 그를 응시하던 천용희도 오라비처럼 연속으로 십 장을 내질렀다.

퍼버버벙!

"으으윽……."

움찔!

스무 번의 타격이 고스란히 자신에게 향한 것만 같아서 어깨를 움츠린 단목소설이 눈을 감았다.

아무것도 할 수 없다. 승냥이들의 먹잇감으로 던져진 정인이 모진 일을 당하고 있는데 아무것도 하지 못하는 자신의 무력함에 치가 떨린다.

주루룩—

눈물은 흘려내서 털어버릴 수 있다. 그런데 한과 분노는 어떻게 토해내야 할까.

'아아, 공자님…….'

무영이 고통에 떨든 말든 상관하지 않고 오라비를 따라 천용희마저 자리를 뜨자 제 세상이라도 된 것처럼 거드름을 부리며 종려광이 무영에게 다가섰다.

"분수도 모르는 놈. 낄 데 껴야지."

팔을 둥둥 걷어붙인 종려광이 멱살을 잡아 무영을 일으켜 세웠다.

"하나!"

픽!

종려광이 한껏 뒤로 젖혔던 주먹을 강하게 내지르자 북 치는 소리와 함께 무영의 신형이 번쩍 들어 올려졌다.

"큭!"

명치. 단련이 불가능한 급소. 가격당하면 숨이 끊어지는 고통을 느끼는 인체의 요점.

"둘!"

퍼— 억!

똑같은 부위를 다시 공격하자 무영의 눈동자가 하얗게 탈색되었다.

"셋!"

이 시점에서 이미 무영은 기절한 상태.

반응이 없는 상대를 때리는 건 재미없었을까? 누이를 시켜 물을 받아온 종려광이 무영에게 뿌렸다.

"푸핫!"

한 바가지의 물을 뒤집어쓴 무영이 정신을 차리자 다시 그를 잡은 종려광이 매질을 시작했다.

"열!"

　기세 좋은 매질 끝에 만족한 표정으로 해파리처럼 늘어진 무영을 집어 던진 종려광이 어깨를 으쓱이자 이번에는 종려원이 엉덩이를 실룩이며 나섰다.

　"괴물이면 괴물답게 살아야지. 사람이 하는 일에 병신처럼 기웃거려서는."

　벽산산이 멀쩡한 이유가 무영 때문이라고 생각하니 열이 받아서 종려원이 발로 그의 옆구리를 걷어찼다.

　퍽!

　그것을 기화로 종려원은 나찰처럼 무영을 난타했는데, 언제나 예쁜 척하던 모습을 던져 버리고 아귀와도 같이 매질을 하는 그녀의 모습은 추악하기 이를 데 없었다.

　화풀이가 안 됐을까?

　열 대를 채우고도 씨근덕거리던 종려원이 다시 매질을 시작하려 들자 서문진이 만류했다.

　"그만하세요, 누님. 열 대라고 하지 않습니까?"

　"음?"

　광란의 늪에 빠졌던 종려원이 순식간에 현실 세계로 돌아와 서문진에게 함초롬히 미소를 던졌다.

　"오호호호! 너무 더워서 정신이 나갔나 보네? 그래, 우리 귀여운 서문 동생이 일깨워 주지 않았으면 이 가련한 사람한테 필요없는 매질을 할 뻔했어."

　방금 전의 추한 모습을 잊어달라는 의미인지 종려원이 농

밀한 눈빛을 보내자 또다시 얼굴이 빨개진 서문진이 고개를
숙였다.

　"언니……."
　집단적인 광기에 기가 눌려 버린 벽산산이 단목소설의 손
을 잡고 두려움에 떨었다.
　"괜찮아. 괜찮아."
　벽산산을 어르며 눈물을 참기 위해 단목소설이 으스러져
라 주먹을 쥐었다.
　"언제나처럼 공자님은 이겨내실 거야."
　두려움에 떠는 벽산산을 달래기 위한 말이라지만 이런 소
리나 늘어놓는 자신.
　차라리…
　죽고 싶다.

　"다음은 단목 오라버니가 체벌하세요."
　종려원의 부름에 단목중이 희희낙락 신나서 무영을 짓밟
았다. 존재감없는 평서만의 무표정한 매질이 끝나고 다소 미
안해하는 서문진의 주먹이 무영을 두드렸다.
　"이제 벽 동생하고 소설만 남았네?"
　노랫가락이라도 읊듯 종려원이 재잘거리자 그녀를 날카롭
게 쏘아보던 단목소설이 입을 열었다.

"이런 광란의 향연, 우리는 거부하겠어."

"뭐라고? 지금 칠포지회의 결정을 반대하겠다는 거야?"

"칠포지회의 결정이라……."

말을 끌던 단목소설이 종려원에게 다가서서 그녀를 똑바로 바라보았다.

둘이 교환하는 눈빛은 너무나 강렬해서 바위라도 녹일 기세였지만 얼마 지나지 않아 종려원의 눈길은 힘을 잃어갔다.

"너… 너… 지금 칠포지회를……."

"칠포지회 뒤로 숨으면 무엇이든 마음대로 할 수 있다고 생각하는 거니?"

"자꾸 그러면 단목세가에도 나쁜……."

기세에서 눌린 종려원이 쥐어짜 내듯 말하는데 한 걸음 전진한 단목소설이 그녀를 보며 스산하게 말했다.

"경고하겠는데 한 번 더 칠포지회를 내세운다면 결단코 가만있지 않을 거야."

"너… 너……."

"내 말 명심해."

차갑게 말을 맺은 단목소설이 영문을 몰라 금방이라도 울음을 터뜨릴 얼굴로 자신을 바라보는 벽산산에게 손을 내밀었다.

"가자."

뚜벅뚜벅 걸음을 옮기던 단목소설이 전각의 모서리를 지

나쳐 인적이 뜸한 곳에 이르자 무너지듯 주저앉았다.

"우우욱……."

참았던 눈물이 주제할 수 없으리만치 흘러내렸지만 닦아
낼 생각조차 하지 않고 단목소설이 주먹으로 땅바닥을 마구
내려쳤다.

또다시! 또다시 이런 일이 발생한다면 저의 모든 것을 걸고
서라도 당신을 지키겠습니다!

무영.

미안, 정말 미안해요.

내 사랑이여.

＊　　　＊　　　＊

"심하게도 당했구나."

야심한 시각, 초옥으로 들어선 동엽풍이 앓아누운 무영의
이마를 짚고는 그의 전신에 약재를 발라주었다.

사실 그는 종가 오누이의 간교한 계책으로 벽산산과 무영
이 곤욕을 치르는 모든 과정을 지켜보았다. 마음이 아프고 가
슴이 먹먹해졌지만 할 수 있는 일이라고는 아무것도 없었다.

"하아, 하아……."

고열에 신음하는 무영에게 기이한 빛깔의 환약을 먹이고

목을 눌러 투약을 도운 동엽풍이 고개를 저었다.

"너라는 녀석도 나만큼이나 기구하구나. 아니, 최소한 나도 네 나이에는 이러한 고초는 겪지 않았는데……."

문틈 사이로 고개를 내민 달빛은 나이만큼이나 사연도 많은 노인의 촉촉한 눈빛에 인도되어 풍요로운 어미의 손길처럼 무영의 얼굴을 쓰다듬었다.

별이 유달리 반짝이는 밤, 무영은 꿈속에서 처음으로 얼굴조차 모르는 어머니를 만났다.

*　　*　　*

젊어서일까. 무영의 회복 속도는 놀라운 것이었다.

난타당한 다음날은 거동도 하기 어려웠지만 이틀이 지나서는 엉금엉금 기어다닐 정도는 되었으며 삼 일째부터는 두 발로 걸을 정도까지 좋아졌다.

이는 물론 밤마다 찾아와서 가료해 준 동엽풍의 노고가 컸지만 무영의 자가 치유 능력도 한몫을 단단히 했음이다.

"그렇게는 안 된다니까 그러네."

억지로 몸을 일으켜 축운표부를 밟는 무영의 모습을 관찰하던 동엽풍이 혀를 끌끌 찼다.

"이 녀석아, 왜 그렇게 변화에만 집착하느냐? 속도를 무시한 변화는 그저 허상에 불과하다는 것을 왜 몰라?"

"맞습니다. 또 잊어버리고 있었어요."

머리를 긁으며 무영이 웃자 아예 팔뚝을 걷어붙이고 나선 동엽풍이 그에게서 책을 빼앗아 들었다.

"어디 보자. 음… 음… 이것 참 대단한 보법일세."

혼자서 중얼거리던 동엽풍이 고개를 끄덕이고 발에 힘을 실었다.

"자, 봐라."

파라락!

완전하지는 않지만 그럭저럭 축운표부 비슷한 움직임. 그저 한 번 훑는 것만으로 동엽풍이 형산의 제일 보법을 그려내자 무영이 박수를 쳤다.

"대단합니다, 어르신! 저는 며칠을 봐도 흉내조차 내기 어려웠는데!"

눈물이 나는 상황. 동엽풍이 어떤 사람인데 약관이 갓 지난 청년에게 축운표부 한번 보여줬다고 칭찬이나 듣는 신세가 된 걸까?

'나 지금 뭐하는 거지?'

기가 막혀서 자리에 주저앉은 동엽풍이 곧 마음을 다잡았다.

"쓸데없는 소릴랑 거두고 잘 보란 말이다! 얼핏 보면 축운표부의 묘리를 변화라고 생각할지 모르나 안으로 파고들면 전혀 다른 면모를 발견하게 된다."

파앗!

순식간에 사라진 동엽풍이 꺼지듯 나타나 자신의 어깨에
손을 얹자 깜짝 놀란 무영이 옆으로 물러섰다.

"뭐, 뭐지요?"

"놀라긴, 인석아. 너도 얼마 전에 같은 수법을 써놓고는."

"같은 수법이라면?"

"벌써 잊어버렸냐? 종가인지 뭔지 하는 놈 몰아붙일 때 두
번째로 밟았던 보법."

"아, 충만보 말씀하시는군요?"

"그걸 충만보라고 부르냐?"

"예. 충만보는 허소재만이라는 보법을 뜯어고친 겁니다.
이외에도 포양보와 망향보도 있어요."

"포양보와 망향보? 처음 것도 그렇지만 보법 이름이
참……."

저렴하다는 말은 차마 못하고 동엽풍이 턱을 긁자 무영이
피식 웃었다.

"서민적이지요? 그럴 수밖에 없습니다."

자신이 보법을 창안하게 된 동기, 그것들을 개량하게 된 이
유를 설명하자 동엽풍이 수긍의 빛을 띠었다.

자신을 돌봐주는 노인의 일상을 담담히 술회한 보법, 아니,
보법이라기보다 그저 한 폭의 수묵화를 연상시키는 움직임.

무슨 말이 필요할까? 딱이다. 이보다 절묘한 이름이 또 어디 있겠는가?

고개를 끄덕이며 동엽풍이 무영을 새삼스레 쳐다보았다.

'괴물 같은 놈이로군. 약관을 갓 지난 나이에 벌써 이런 보법을 세 개나 창안하다니.'

그것도 순식간에 뚝딱이라는 말이 어울릴 정도로 빠른 시간에 만들었단다. 제아무리 고수라 할지라도 저런 보법을 창안하려면 몇날 며칠을 고생해도 모자랄 판인데.

第九章
가정으로의 진실

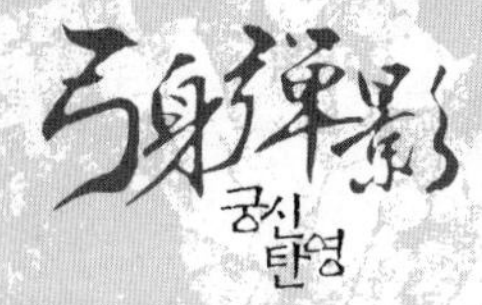

　무영을 바라보던 눈을 슬그머니 치운 동엽풍이 바람결에 질문 하나를 던졌다.

　"너는 내 정체가 궁금하지도 않느냐?"

　"예?"

　"비록 야음을 틈탄 방문이긴 하지만 내가 너를 찾은 지가 벌써 칠 주야. 그런데 너라는 녀석은 아무런 경계심도, 어떠한 의심도 없이 나를 대하더구나. 나의 첫인상이 그다지 좋은 편도 아닌데 말이다."

　"경계심이니 의심을 품는다는 것 자체가 무의미했으니까요."

예상치 못했던 대답에 동엽풍이 눈을 크게 떴다.

"그런 감정은 선택권을 가진 사람에게나 필요한 것들입니다. 그러나 제게는 선택권이 없었지요. 그저 처분만 기다리는 신세랄까."

허탈한 무영의 웃음에 어쩐지 미안해져서 동엽풍이 흔들리는 별들을 헤아렸다.

사물을 인지하는 순간부터 선택권 자체가 주어지지 않은 인생이었는데 자신마저 또다시 압박으로 자리했다니. 그런 의도는 아니었다고 항변해 봐야 받아들이는 사람이 그렇게 느꼈다면 할 말이 없는 거다.

"하아, 그랬구나. 이 못난 늙은이는 제 편한 대로만 생각을 해버렸던 거였어."

동엽풍이 자책하자 무영이 듬성듬성 나 있는 풀 한 포기를 뜯었다.

"어르신께서 적의를 품고 저를 대하지 않았다는 정도는 알고 있었습니다. 아니었다면 수를 내도 벌써 냈겠지요."

위로까지 받자니 더 미안해져서 동엽풍이 본론을 꺼냈다.

"내 이름이 동엽풍이라는 건 얘기했지?"

무영이 고개를 끄덕이자 동엽풍이 숨을 들이켰다.

"너는 모르겠지만 강호에서 동엽풍이란 이름은 꽤나 유명하다. 좋은 의미로든 나쁜 쪽으로든 말이야."

내심 질문하기를 바랐지만 무영은 잠자코 다음 말을 기다리는 눈치라서 약간은 김이 샌 동엽풍이 억지로 목소리에 힘을 실었다.

"동엽풍이라는 이름의 앞에는 언제나 수식어가 붙는다, 제백오십삼대 하오문주라는."

쿠쿵!

눈을 한껏 치뜬 무영이 자신을 바라보자 동엽풍이 쓰게 웃었다.

"그 놀람, 어떤 의미로 받아들여야 하는 게냐? 강호를 발칵 뒤집었던 하오혈난의 주모자를 대해서 놀랐다는 게냐, 아니면 무림에서 가장 오래된 문파의 수장을 만나서 그런 게냐?"

"아니… 그러니까… 그냥……."

더듬거리던 무영이 힘없이 뇌까렸다.

"그냥… 놀랐습니다."

"그냥… 이라……."

무영의 진솔한 대답이 만족스러웠는지 동엽풍이 팔짱을 꼈다.

"지금부터 하는 말을 믿든 안 믿든 자유지만 일단 끝까지 들어주었으면 한다."

서두를 연 동엽풍이 목소리를 가다듬었다.

"언제나 그렇지만 세상 사람들이 믿는 사실이 반드시 진실이라는 법은 없다. 아니, 참과 거짓이 뒤섞이는 경우가 허다하지. 하오혈난이라고 명명된 십팔 년 전의 사건도 그랬다."

동엽풍의 시선이 미지의 과거로 회귀했다.

"십팔 년 전, 사분오열이었던 하오문이 통합되었다? 절반은 맞고 절반은 틀린 이야기지. 어차피 하오문이라는 문파 자체가 통합을 기대하기 어려운 성격을 띤다. 시전의 야바위꾼, 잡상인들, 노름꾼… 사회 밑바닥 계층 사람들이 주를 이루는 문파에서 통합성을 기대하기란 난망한 노릇이다."

그의 말대로 하오문의 성격을 말한다면 강호에서 가장 비루한 사람들이 연합한 문파라고 할 수 있다.

"우리 문파의 가입 조건이 무엇인지 아느냐?"

피식 웃은 동엽풍이 손가락 세 개를 꼽았다.

"살인, 방화, 부녀자 폭행, 이 세 가지 범죄를 저지르지 않은 자. 이게 다다."

"참으로 서민적이로군요."

"저렴한 거지."

무영의 대답에 동엽풍이 입을 툭 내밀었다.

"좋게 말하면 자유롭고, 나쁘게 얘기한다면 오합지졸의 모임. 이게 하오문의 본질이다. 철저하게 횡적인 관계. 일반 문파들의 수직적인 구도를 생각한다면 거의 방임에 가까운 문도 관리지. 각 지역의 수뇌부들도 거의 모임을 갖지 않거든."

"정말 자유롭네요."

"대신 괄시를 받지. 수만 많으면 뭐해? 무공을 익힌 이를 손에 꼽을 판인데."

십팔 년 전 하오문을 이은 동엽풍은 일반인의 시선을 바꿔 보고자 각 지역의 수장들을 불러 모아 회의를 열었다.

안건은 무학 증진. 무학에 매진하는 승려, 즉 무승과 설법에 종사하는 승려, 즉 문승으로 나뉘는 소림의 체계를 따라 하오문도 무림에서 지위를 보장받으려면 무학을 익히지 않은 문도를 지키는 부인 집단을 키워야 한다는 그의 설득에 지역의 수장들도 동의했다.

"강호의 천덕꾸러기, 천민들의 모임… 하오문에 대한 일반인의 인식은 무학과 거리가 먼 집단이지만 우리의 무학은 그리 허접한 수준이 아니다. 인간이 군집사회를 이루면서 만들어진 문파가 바로 하오문인데, 그만큼의 역사를 지녔거늘 어찌 번듯한 무공 하나 없겠느냐?"

전통은 무시하기 어려운 세월의 나이테라고 할 수 있다. 그렇게 세월과 사람들과 부대끼면서 하오문에도 무학이라는 이름의 힘이 차곡차곡 쌓였지만 문파의 성격상 드러내지 않았을 뿐이다.

"원만한 합의를 도출했기에 곧바로 실행에 들어갔지. 또한 육문칠가에도 처음으로 통첩다운 통첩을 했다."

"무슨 통첩을……?"

"강호의 도의에 어긋나는 행동을 하지 않는 선에서 우리의 권리를 보장해 줄 것을 요구했지. 음지에서 고생하고 신음하는 사람들이 대부분 우리 문도일진대 문주 된 입장으로 어찌 외면하겠느냐?"

지게꾼, 가마꾼, 하다못해 작은 주루의 점소이와 기녀들까지. 때로는 화풀이 대상으로, 때로는 노리갯감으로, 돈 없고 힘이 없다는 이유로 그들은 그런 취급을 당했다.

"당연히 그들은 실소를 머금었지. 하지만 육문칠가는 모르는 사실이 하나 있었다. 응집력이라곤 모래알보다 없던 우리 하오문이 결집했다는 걸 말이다."

옆집 기녀가 두드려 맞든 시전의 좌판 상인이 물건 값을 받지 못하든 서로가 서로에게 무관심했던 그들. 나만 아니면 괜찮다는 인식으로 살아가던 이들의 변화는 놀라운 것이었다.

기녀에게 손찌검을 하면 점소이부터 동료 기녀의 악다구니를 들었으며, 노리개 값을 지불하지 않고 돌아설라치면 찐빵과 항아리로 얻어맞았다.

이런 변화에 적응하지 못한 무림인들이 크고 작은 소란을 일으켰지만 그들은 곧 인정해야만 했다.

돈 없고 힘없는 이들도 자신들과 같은 사람이라는 사실을.

"사람만 많고 응집력 따윈 없었던 우리의 변화에 육문칠가도 고심이 많았겠지. 무림도 결국 사람 사는 곳이고, 인원수로 따진다면 우리가 제일 많았으니까."

단결의 힘은 무서웠다. 거들떠도 안 보던 하오문주의 서신은 육문칠가에서 중요 의제로 다루어졌고, 아무런 이유 없이 하오문도를 핍박하는 일이 확 줄었으니까.

"육문칠가에서도 우리의 지위를 인정하는 분위기로 기울었다. 언제나 괄시받던 우리 하오문이 무림의 한 축으로 당당히 자리매김하는 순간이 곧 도래할 거라 믿었지."

"그런데 무슨 일이……?"

이야기에 푹 빠진 무영이 질문을 던지자 동엽풍의 얼굴이 일그러졌다.

"난이… 벌어졌던 거다. 그것도 각 지역에서 동시다발적으로."

"난이라고 하면 민란을 말씀하시는 겁니까?"

"민란이었다면 우리가 상관할 일이 없지. 전국 각처에서 난리를 부리고 다니는 놈들은 자신들을 하오문도라고 밝혔거든."

"그럼 그들은 하오문도가 아니었나요?"

무영의 질문에 벌떡 일어선 동엽풍이 냅다 소리쳤다.

"당연히 아니다! 그들은 삼대죄악을 저지르고 하오문에서 축출되었던 죄인들이었으니까! 천하에 몹쓸 종자들이지!"

한없이 자유로운 하오문이지만 살인, 방화, 부녀자 폭행만큼은 여지를 두지 않는다. 오래되고 충성스러운 문도라 할지라도 삼대죄악 가운데 하나라도 범하면 그 즉시로 퇴출됨은 물론 다시는 하오문에 발을 들이지 못한다.

법이 있는 곳에 범죄가 있다고 했던가.

당연히 해서는 안 되는 일이지만 어기는 존재들이 존재하기에 법을 세운 것이다. 특히나 어중이떠중이들의 모임이라는 하오문의 사람들은 범법 행위에 익숙하고, 때론 너무 많이 가는 사람들도 나오곤 한다.

"솔직히 일반인들보다 범죄자가 많이 배출되지. 그래서 쫓겨나는 인물은 한 해에만도 수백 명을 헤아리는 것이 현실이다. 하지만 그들을 다시 받은 적은 한 번도 없다."

문제는 하오문도를 칭하며 난동을 부리는 인물의 수가 너무 많았다는 데 있었다. 유구한 역사만큼이나 퇴출자도 많았던 거다.

"놈들은 달라지는 하오문의 위상에 고무되어 호가호위하려고 우리 문파를 판 거지."

"혹시 그것이 발단이 되어……."

"그렇다. 꼬투리를 잡은 육문칠가는 우리의 요구를 이상하게 부풀려 발표하고 죄인들의 난동을 기화로 전면전을 선포했다."

뒤의 내용은 무영도 잘 아는 사실. 수많은 이들의 피 값을 머금고 하오문은 다시 음지로 숨어야만 했다.

"그분께서 상대했다는 집단도……."

"왜 아니겠느냐? 풍운벽력대에 낙일천장까지 동원해서 벽진악이 상대했던 놈들이 그 빌어먹을 범죄자들이었다. 전에 말하지 않았느냐. 벽진악은 지고 싶어도 질 수 없었던 싸움에 출정했으며 그가 상대한 놈들은 숫자만 많은 허깨비라고."

참과 거짓을 버무려서 만들어낸 전혀 다른 이야기.

진지한 표정으로 무영이 고개를 끄덕이자 동엽풍이 자리에 앉았다.

"내 말을 믿느냐?"

"어르신께서 제게 거짓을 말씀하실 이유가 없으니까요."

똑 부러진 무영의 대답에 얼굴을 조금 편 동엽풍이 나지막이 중얼거렸다.

"천가의 자식이 했던 제안, 내가 한다면 어떤 답을 하겠느냐?"

이미 짐작한 바였기에 별다른 동요는 없었지만 왠지 미안해서 대답하지 못하고 무영이 풀잎을 꼬았다.

"같은… 거냐?"

육문칠가와의 싸움에서 패배하고 숨었다 알려졌지만 사실 하오문은 더 이상의 피를 보지 않으려고 움츠러들었던 거다. 일류고수가 턱없이 부족했기에 인해전술로 맞서다 보니 문도의 희생이 너무나 컸다.

그 결과 하오문의 원로들은 고수의 필요성을 각성하고 십대원로와 문주가 각 한 명씩의 후계자를 양성하기로 뜻을 모았다.

하지만 눈에 띄는 재목이 없었다. 그냥 무인이 아니라 육문칠가에 맞설 고수로 성장하기를 원했기에 동엽풍과 십대원로의 눈은 더할 나위 없이 높았고, 조건을 충족하는 재목을 좀처럼 발견하기 어려웠다.

그러던 와중, 필사 사건을 쫓아 벽씨세가로 숨어들었다가 우연처럼 동엽풍의 눈에 들어온 무영은 그에게 한줄기 희망으로 다가왔다.

기구한 사연, 놀라운 재능, 올바른 심성, 무엇보다 세 번째의 눈까지. 모든 면에서 동엽풍의 바람을 충족시켰지만 그 올바른 심성이 문제였다.

무영은 스스로의 힘으로 업보를 벗으려 든다. 그리고 동엽풍은 다음 달까지 자신의 후계자를 원로들에게 데려가야 하는 처지다.

아쉽지만 기다려 줄 시간이 없다.

"연이 아니려나."

쓸쓸한 얼굴로 무영을 보던 동엽풍이 문득 생각난 것처럼 말했다.

"한 가지만 약속해 주겠느냐?"

무영이 고개를 돌리자 아쉬움을 뒤로하고 동엽풍이 활짝 웃었다.

"만약 강호에 나선다면 우리 문파에 들러다오. 부담없이 찾아와 달라는 거다."

"자유를 얻… 게 된다면 반드시 그렇게 하겠습니다."

확신없는 말투. 아직까지 자유는 무영에게 머나먼 관념이었다.

'그래, 이 정도로 만족하자.'

자욱한 한숨으로 동엽풍이 아쉬움을 달래는데 몇 번이고 침을 삼키면서 주저하던 무영이 작심하고 입을 열었다.

"어르신께서 가정하는 진실을 듣고 싶습니다."

"진실이라니?"

"그분의 진실 말입니다."

"음……."

숙연해진 분위기. 그분이라면 벽진악을 일컬음이고, 그에 관한 진실이라면 풍운벽력대, 그리고 낙일천장까지 동원하고 임했던 십칠 년 전의 이해하기 어려운 싸움을 말한다.

받아들일 준비가 되었을까?

진실에 다가설, 그런 단단한 마음가짐을 먹었을까?

동엽풍의 걱정스러운 마음을 덜어주려는 듯 무영의 눈동자는 차갑게 가라앉은 상태였다.

"좋다, 얘기해 주도록 하마. 그런데 이건 어디까지나 가정이라는 사실을 명심해야 한다."

"알겠습니다."

무영이 공손하게 답하자 동엽풍이 고개를 들었다.

"당시 벽승악은 질투심과 증오로 얼룩져 벽진악을 괴롭혔다. 그리고 하오문도를 칭했던 범죄자들의 무공 수위를 감안한다면 낙일천장 혼자로도 가능했던 싸움이었다. 그런데 벽씨세가의 자랑이라는 풍운벽력대와 낙일천장이 다시는 가문으로 복귀하지 못한 것 또한 사실이다."

숨 한 번 내쉬지 않고 이야기를 늘어놓은 동엽풍이 수통을 꺼내 입을 적셨다.

"위의 세 가지 사실을 조합한다면 하나의 가정에 이르게 된다."

꿀꺽—

무영이 침을 삼키는 순간 동엽풍이 말했다.

"풍운벽력대와 낙일천장이 상대한 인물은 하오문을 사칭한 범죄자 집단이 아니라 벽진악이었을 것이다."

쿵!

예상은 했다. 백 번, 천 번 그려본 결과 그것밖에는 답이 없다. 하지만 타인의 입을 통하자 그것은 예리한 비수가 되어 무영의 가슴을 난도질했다.

"나, 낙일천장이 세가 이인자라는 그분을 상대할 정도로 뛰어난 무인이었습니까?"

어떻게든 부정해 보려는 무영의 노력은 동엽풍의 다음 말로 물거품처럼 꺼져야만 했다.

"낙일천장은 벽씨 형제와 견주어 반 초 정도 밀리는 고수 가운데 고수였다. 그가 창을 휘두르라치면 풍운이 일었고, 그의 목소리가 전장에 울려 퍼지면 적들의 혼이 달아났다고 했지."

한 번도 본 적 없는 낙일천장의 위용이 되살아나는 것만 같아 무영의 어깨가 부르르 떨렸다.

"거기에 풍운벽력대까지 가세한다면 충분히 싸울 만하다고, 아니, 필승이라 여겼겠지."

우우웅─

귓가를 울리는 이명 현상에 무영이 비틀거렸다.

"그렇지만 벽진악의 무위는 생각 이상이라 그들 모두를 베었을 거다. 그리고 사실 관계 확인을 위해서 세가로 귀환했던 벽진악을 기다린 건 삼십여 명의 살수였겠지. 그들마저 베자 기다렸다는 듯 나선 벽승악이……."

위이이이잉─

심해지다 못해 몸 전체까지 퍼지는 귀 울림.

귀를 떼어내고 싶다.

"벽진악을 반역자로 몰고 처단했을 것이다."

이제 어지럼증은 밀물과 썰물처럼 무영을 반복적으로 난타했다.

정신을 차리지 못하는 무영을 물끄러미 보던 동엽풍이 또 다른 의미로 한숨을 내쉬었다.

"그래도… 나와 같이 가지 않겠느냐?"

"물어야지요."

잠꼬대처럼 무영이 대답하자 동엽풍이 어금니를 깨물었다.

"당사자에게 물어봐야지요. 어찌 이대로 세가를 떠나겠습니까."

넋을 놓아버린 무영이 너무나 가련해서 동엽풍이 그의 어깨를 잡아 품에 안았다.

"암! 물어봐야지! 반드시 확인해라! 그러기 위해서는 빌어먹을 보법들을 깨뜨려야지!"

무영을 다독인 동엽풍이 축운표부를 비롯한 보법의 요체들을 설명하며 그를 이끌었다.

―너는 무학을 느낌으로 받아들이는 능력은 탁월하지만 그것 때문에 본질을 외면하는 경향이 있다!

―화려함에 취하지 마라! 속도만 갖추어지면 자연 변환은 뒤따르는 법이니 기교를 부릴 생각 하지 말고 보법 자체에 충실해라!

―언제나 사고를 확장해라! 눈에 보이는 것이 전부가 아닌 것처럼 받아들인 본질을 의심하고 뒤집어라! 그러다 보면 사물의 이면을 발견하게 될 것이다!

요결과도 같은 가르침.

이천 년 하오무학의 요체가 무영에게 자연스레 녹아들었다. 동엽풍은 친절한 상담자였으며, 최고의 인도자로서 갈 곳을 몰라 헤매던 무영을 이끌어주었다.

*　　　*　　　*

"이제 떠날 때가 됐구나."

만남이 있으면 필연적으로 이별이 있다. 칠포지회의 마지막 날, 야음과 함께 찾아온 동엽풍이 인자한 미소를 짓자 무영의 눈시울이 조금 붉어졌다.

감사하고 죄스러운 마음에 몸 둘 바를 모르겠다.

"정말 죄송……."

"그 이야기는 그만하기로 했잖느냐. 그보다 가기 전에 꼭 들려주고픈 이야기가 있다."

"무엇입니까?"

"궁신탄영에 관한 것이다."

우웅―

이상하다. 이 단어만 나오면 왜 이리 가슴이 뛰는 걸까.

"일반적으로 궁신탄영은 앞으로 빠르게 나아가려는 보법이라고들 알고 있다. 그게 상식이니까. 하지만 깊이 파고들어 가면 궁신탄영은 전혀 다른 성질을 가진 무학이라는 걸 알게 된다."

어쩐지 달뜬 음성. 동엽풍의 이런 모습은 처음인지라 무영이 희미하게 웃었다.

소노에게처럼 동엽풍도 청춘은 있었나 보다.

"무영아, 싸울 때 말이다, 고수든 하수든 결정타는 뒤로 물러서면서 날릴 수 없다. 무조건 전진보법으로 상대방에게 접근하면서 쳐내야만 한다."

당연한 소리. 몸의 중심이 뒤로 빠진 상태에서 공격에 힘을 싣는다는 건 불가능하니까. 승부수를 띄울 때 무게중심을 앞으로 하는 형태의 보법, 또는 움직임을 보이는 건 어떻게든 공격에 최대한 힘을 몰아주려는 일환이다.

"봐라."

동엽풍은 양손을 들어 서로 마주 보게 했다.

"두 사람이 대결을 벌이다 오른편의 인물이 결정타를 날리는 순간을 가정하자."

오른 손바닥을 앞으로 기울이며 동엽풍이 고개를 들었다.

"자, 왼편에게는 두 가지 기로가 놓여 있다. 하나는 마주 쳐내는 것, 다른 하나는 피하는 것."

이 역시 당연한 얘기. 도망치지 않는 이상 상대방의 공세에 맞서나가거나 피할 도리밖에 없다는 건 불문가지니까.

무영이 심각한 얼굴로 고개를 끄덕이자 동엽풍의 입가에 가느다란 사선이 걸렸다.

"하지만 말이다. 이런 방법도 있지. 먼저 피하고 마주 쳐내기."

"말장난이잖습니까?"

"말장난? 몸소 실행한 녀석이 그런 말을 하느냐?"

"제가요?"

"그래, 너! 종가 놈에게 선사했던 박치기. 그 멋들어진 동선이 기억나지 않느냐? 자, 봐라!"

동엽풍이 오른쪽 손바닥의 공격을 받아 뒤로 밀려 있던 왼쪽 손바닥을 뒤로 굽혔다.

잔뜩 당겨진 활시위처럼.

"너는 당시 종가 놈의 공세를 이렇게 피했다. 평범한 철판교처럼 보였지만 기실 놈의 결정타를 흘려낸 것이지."

무영을 이해시킨 동엽풍이 잔뜩 휘어졌던 손바닥을 앞으로 쭉 내밀었다.

살을 쏘아내기 위해서 팅겨지는 활시위처럼.

"한껏 뒤로 숙였기 때문에 네 허리가 받은 탄성은 엄청난 수준이었다. 아주 팽팽한 상태였지. 그리고 공격이 지나가자마자 힘을 뺐기에 몸은 이렇게……."

왼쪽 손바닥이 앞으로 오자 오른손과 겹쳐지는 모양새가 되었다.

"팅기듯 원래대로 돌아왔던 거다. 무슨 말인지 알겠느냐? 종가 놈은 공세를 회수하지도 못한 상태에서 너의 공격을 받은 거야."

동엽풍이 고개를 무영의 면전으로 쑥 내밀었다.

"완벽한 무방비 상태로."

쿵!

불처럼 뜨거운 동엽풍의 눈이 부담스러워서 고개를 돌리며 무영이 중얼거렸다.

천가를 막아섰다느니 환상의 역습이니 하는 번드르르한 말과 달리 별로 매력적이지 않았으니까.

"그게 궁신… 탄영이라고요?"

"이따위가 어떻게 궁신탄영이겠느냐? 이건 그저 궁신탄영의 하등적인 형태, 가장 원시적인 모형이다! 궁신탄영은 초식이 아니다! 하나의 경지란 말이다!"

버럭 화를 낸 동엽풍이 무영을 가리켰다.

"빗자루 노인네의 말마따나 너는 궁신탄영을 익힐 최선의 조건을 타고났다! 네 한과 서러움을 풀려면 반드시 궁신탄영을 완성시켜야 한다!"

"궁신탄영……."

무영이 뇌까리자 동엽풍이 고개를 끄덕였다.

"그래, 무영, 너는 반드시 궁신탄영을 완성해서 강호를 위진시켜야 한다! 언제고 그날이 오면 나는 서 말의 술에 취해 밤이 새도록 춤을 출 것이다!"

"궁신탄영……."

소리없이 동엽풍이 사라졌지만 무영은 같은 말을 계속해서 되새겼다.

잊어버리기라도 할까 두려운 것처럼.

*   *   *

"이래도 그를 두둔하실 것이오?"

무태모의 카랑카랑한 힐난에 천가휘가 눈을 감았다.

"가주, 피한다고 될 일이 아닙니다. 현실을 직시해야지요."

문태상이 타이르듯 말하자 천가휘의 손가락질이 시작되었다.

톡— 톡—

"정녕 백년대계를 무너뜨리려는 거요?"

"비록 아까운 인물이지만 쳐낼 때는 과감해야 하는 법. 이제 정리해야 합니다."

두 노인의 재촉에 천가휘의 손가락질이 빨라졌다.

톡— 톡— 톡—

"다시 말하지만……."

"그만!"

손을 들어 무태모의 말을 자른 천가휘가 의자에서 일어섰다.

"알아들었으니 그만들 하고 나가보세요."

서릿발 같은 그의 기세에 더는 조르지 못하고 무태모와 문태상이 방을 나섰다.

텅 빈 집무실. 텅 비어버린 마음.

지그시 천장을 응시하던 천가휘가 중얼거렸다.

"백야혈."

"옙!"

"수집된 증거는?"

"여기……."

무릎걸음으로 천가휘에게 다가선 백야일혈이 종이를 꺼내 건넸다.

바스락—

종이 끝을 만지작거리며 보고서를 읽던 천가휘가 삼매진 화를 일으켜 그것을 태웠다.

"의심의 여지가 없다?"

"그렇습니다. 그가 보법을 모으는 이유는 무공 증진의 목 적이 아니라 하나의 목표를 염두에 둔 것이라고 보입니다. 또 한……."

집무실의 문이 열리며 한 사람이 들어섰다.

"이번 경우를 놓고 보시면 알겠지만 그는 역린을 세운 것 이 분명합니다. 아니라면 감히 이런 행동을 할 리 없지요."

들어서자마자 사방을 살피며 눈치 보기에 여념이 없는 사 내를 가리키며 백야일혈이 말을 잇자 천가휘가 주먹을 쥐었 다.

"할 수 없는가……."

탄식처럼 중얼거리던 천가휘의 눈이 차갑게 식어갔다.

백년대계를 포기할 수는 없다. 그것을 위해서라면 친구도 자식도 버릴 의향이 있다.

침전된 눈으로 사방을 훑던 천가휘가 나지막이 명했다.

"이 시간부로 무림에서 벽씨세가를 지운다."

*　　　*　　　*

"생각보다 잘해주고 있다. 벌써 아흔아홉 번째라니, 놀랍군."

전혀 놀라지 않는 얼굴로 벽승악이 중얼거리자 무영이 담담하게 답했다.

"그래야만 하니까요."

"맞다. 하나만 더 넘으면 너는 자유를 얻음은 물론, 가주 자리를 놓고 나와 싸울 수 있는 자격까지 주어지니 더욱 열심히 해야겠지."

사이한 미소를 머금으며 벽승악이 말하자 무영이 고개를 저었다.

"가주 자리는 관심없습니다. 그저 하나만 여쭙고 싶을 뿐입니다."

"무엇을?"

"그때 말씀드리겠습니다."

"훗! 좋을 대로 해라."

차갑게 콧방귀를 날린 벽승악이 책자 하나를 던졌다.

"이것이 백 번째입니까?"

"아니다."

"그럼?"

"백 번째의 보법은 아직 도착하지 않았다. 또한 그것은 지금까지 네가 상대했던 모든 것들과는 차원이 다른 무학일 터. 다행히 이 보법과 궤를 같이하니 익혀두어라."

"알겠습니다."

무영이 고개를 숙이자 벽승악이 돌아섰다.

"다시 말하지만 원하는 바를 이루려면 뛰고 또 뛰어라."

빈정거리듯 말한 벽승악이 발걸음을 옮겼다.

생각보다 빠르게 일이 진척되어 간다. 무엇 때문인지는 모르지만 무영은 공감각의 도움 없이 십대보법을 파훼했고, 자신에 대한 증오도 키워가는 눈치다.

"상관없지."

차가운 독백을 날리며 자신의 집무실에 들어서던 벽승악이 흠칫 걸음을 멈췄다.

자신밖에 앉을 수 없는 의자에 누군가가 자리하고 있었으니까.

"가휘 형님? 가휘 형님이 아니십니까?"

벽승악의 자리를 차지하고 앉아 있던 인물은 다름 아닌 천가의 가주 천가휘였다.

“오랜만일세, 벽 동생.”

“어쩐 일로 연락도 없이 찾아오신 겝니까? 기별을 주셨더라면 좋은 술과 안주를 준비했을 터인데.”

호쾌하게 웃으며 벽승악이 시비를 부르려 하자 천가휘가 제지했다.

“아니, 다과는 필요없네.”

“그럼 낮부터 마실까요? 좋습니다. 별로 일도 없는…….”

부산하게 중얼거리던 벽승악이 곧 입을 닫았다.

“무슨… 일이십니까?”

심상치 않은 분위기를 감지하고 벽승악이 더듬거리자 천천히 일어선 천가휘가 손에서 무언가를 주욱 떨어뜨렸다.

투두둑—

쉼없이 떨어지는 책자, 또 책자들.

“이게 다 무엇이지?”

바닥에 나뒹구는 책자를 응시하던 벽승악이 파안대소했다.

“아하하하, 난 또 뭐라고! 이건 그냥 심심풀이 장난입니다.”

“화산의 매화십이보, 무당의 천원무극해, 그리고 소림의 금강부동신법의 파훼가 그저 장난이었다? 허허, 벽 동생은 참으로 대단한 취미를 가졌군그래?”

싸늘하게 조소하던 천가휘가 몸을 돌렸다.

"혹시나 해서 하는 말인데……."

천가휘가 여우 꼬리처럼 길게 말을 늘어뜨렸다.

"이 모든 노력이 단일 목표를 이루기 위한 일환이 아니었나 싶군. 예를 들자면……."

턱 끝을 지그시 올리며 천가휘가 기습적으로 물었다.

"궁신탄영이라든지?"

"궁신탄영? 궁신탄영이라면 전진보법을 말씀하시는 겁니까?"

"전진보법?"

"그 왜 있잖습니까? 철판교의 수법으로 몸을 뒤로 젖혔다 쏘아지듯 튀어나오는 보법."

태연히 말을 늘어놓는 벽승악을 얼음보다 시린 눈동자로 응시하던 천가휘가 고개를 끄덕였다.

"맞아, 궁신탄영은 그런 성격의 보법이기도 하지. 그러나 자네가 상정한 것은 다른 유형이었을 텐데?"

"글쎄요……. 소제가 우매해서 무슨 말씀을 하시는 건지 도통 알 수가 없……."

천연덕스러운 벽승악의 중얼거림에 짜증이 왈칵 숫은 천가휘가 짧게 명했다.

"들라."

그의 부름을 받고 누군가가 집무실로 쭈뼛쭈뼛 들어서자 물처럼 담담하던 벽승악의 얼굴에 약간의 변화가 일었지만 그 표정은 나타날 때보다 빠르게 사라졌다.

"자네는 염 총관 아닌가? 용무가 바쁘다더니 어쩐 일로……."

"바빴지."

벽승악의 말을 자른 천가휘가 약간은 슬픈 미소를 지었다.

"벽 동생이 세운 역린에 관한 보고를 올리느라 매우 바빴다네."

"역린이라니? 그게 무슨 말씀……."

마지막까지 잡아떼는 벽승악의 시치미에 질렸는지 천가휘의 입에서 휘파람과도 같은 탄식이 흘렀다.

"필사하고 싶었던 책이……."

품을 뒤적인 천가휘가 책자 하나를 꺼냈다.

"이것이었지?"

그의 손에 들린 책을 확인한 벽승악의 고개가 천천히 돌아갔다.

"염 총관."

나지막하나 항거할 수 없는 부름. 경박스럽고 능청맞던 벽승악은 온데간데없었다. 지금 이 순간의 그는 천하를 도모할 효웅의 자태를 물씬 풍겼기에 지적당한 염세극의 목이 자라처럼 움츠러들었다.

"언제부터였는가?"

대답을 못하고 우물거리는 염세극을 활활 타오르는 눈으

로 응시하던 벽승악의 입가에 사선이 아로새겨졌다.

"처음부터였던 게로군?"

무슨 말일까? 언제부터는 무엇이고 처음부터는 또 어떤 의미일까?

"팔십 년이라는 세월을 한결같이 보필한다고 여겼거늘 결국 감시자 역할이었단 말이지?"

고개를 숙이고 묵묵히 중얼거리던 그의 입이 조금씩 벌어졌다.

"크크크크……."

작은 틈으로 공기가 새어나가듯 시작된 벽승악의 웃음은 끝내 앙천광소가 되어 장내를 가득 메웠다.

"크하하하하, 와하하하핫!"

하늘마저 밀어낼 기세로 미친 사람처럼 웃던 벽승악이 거짓말처럼 웃음을 그쳤다.

"아쉽군. 지금까지는 좋았는데."

싸늘하게 중얼거리는 벽승악을 말없이 응시하던 천가휘가 한숨을 터뜨렸다.

"이보게, 승악."

"말씀하시구려."

모든 것을 체념한, 또는 모든 것을 지키려는 자의 얼굴.

벽승악의 굳은 표정에 천가휘가 양팔을 벌리며 서글프게 물었다.

“이인자로는 만족할 수 없었단 말이더냐. 반드시 최고의 자리에 오르고 싶었던 것이냐?”

“이인자라고 했소?”

허리부터 잘라 들어오듯 말을 쏘아낸 벽승악이 썩어문드러진 미소를 지었다.

“단 한 점의 희망도 없는 이인자의 자리가 무슨 의미를 가질까? 그런 이인자라면 말석과 하등 다를 바가 없지.”

“그렇다고 이런 무모한 행동을 벌일 것까지 있었더냐?”

천가휘의 대꾸에 벽승악이 염세극을 가리켰다.

“저자를 보고도 그런 말이 나오시오? 이 벽승악의 오십 평생, 아니, 삼대에 걸쳐서 벽씨세가를 감시했으면서 그런 말을 할 수 있느냐는 거요?”

“그 정도의 권리조차 누리지 못한다면 어찌 지존이라 하겠느냐? 또한…….”

목울대를 몇 번이고 꿈틀거리던 천가휘가 나지막이 중얼거렸다.

“최고의 자리가 언제나 좋기만 한 건 아니다.”

피식피식 웃으며 바닥을 내려다보던 벽승악이 발작적으로 고개를 치켜들었다.

“하면 형님께선 소제에게 그 자리를 넘길 의향이 있소?!”

그의 송곳 같은 물음에 천가휘가 마른침을 삼켰다.

자리의 문제가 아니다. 누대에 걸친 계획이 걸린 문제다.

자리를 넘길 수 있느냐고?

"허허……."

팔짱을 끼고 잠시 동안 대답을 기다리던 벽승악이 천가휘의 자조 섞인 웃음에 고개를 저었다.

"보시오. 결국 움켜쥔 힘은 나누기 싫다는 거잖소?"

천가휘를 응시하며 벽승악이 속삭이듯 중얼거렸다.

"그래서 나 역시 준비했던 거요."

숨을 확 들이켠 벽승악이 짧게 끊어 말했다.

"벽씨세가만의 궁신탄영을."

"그런가……."

돌이킬 수 없는 강을 건넜다. 그렇다면 계속 나아가야 한다. 그 끝이 어딘지 모를지라도 미련이나 후회없이 일단은 내달리는 거다.

"가문의 물건만 건드리지 않았더라면 이렇게까지는 하지 않았을 텐데."

그가 팔을 살짝 들어 올리자 밖에서 엄청난 함성과 폭음이 울려 퍼졌다.

쿠르르릉!

"시작된 건가……."

벽승악이 중얼거리자 뒷짐을 진 천가휘가 한 걸음 나섰다.

"자진한다면 시신만은 보존해 주겠네."

"미안하지만 죽은 후의 일 따윈 관심없소."

　벽승악도 한 걸음 내딛자 둘 사이에 팽팽한 긴장감이 흘렀
다.

　"무의미한 발악이라는 걸 누구보다도 잘 알 텐데 반항하겠
다는 건가?"

　천가휘가 노한 얼굴로 일갈하자 벽승악이 어금니를 물었
다.

　"지렁이도 밟으면 꿈틀거린다는 사실을 잊으신 모양이구
려."

　"그래?"

　뒷짐 진 그대로 천가휘가 속삭이듯 말했다.

　"어디 한번 꿈틀거려 보아라."

# 第十章
드러난 진실

이름조차 없는 보법서를 이리저리 뒤적이던 무영이 일단 책을 펼쳤다.

"큭!"

보법을 소개하는 첫 번째 문단에 눈이 가자마자 풍겨오는 악취!

"왜 그러십니까, 무영 공자님?"

"아니, 아니에요. 소노는 낮잠이나 마저 즐겨요."

후다닥 달려오는 소노를 초옥으로 들여보낸 무영이 숨을 가다듬고 다시 책에 눈을 가져갔다.

"크흡!"

여전히 악취가 풍겨서 와락 고개를 돌린 무영이 입술을 잘근 깨물었다.

"지금까지는 이런 일이 없었는데……."

타인과는 다른 방식으로 감각을 인지한다는 사실은 알고 있었다. 그것 때문에 지금까지 연명했다는 것도.

하지만 이 정도까지는 아니었다. 어떤 느낌이든지 적어도 구체적인 심상을 확립한 다음부터 감각이 전달되었다.

방식이 어떻든 간에.

그런데 지금은 단지 문단 한 줄을 읽었을 뿐인데 곧바로 감각이 찾아왔다.

대체 왜?

'분명 이유가 있을 거야.'

필유곡절이라고 했다. 모든 일에는 반드시 이유가 있는 법이라는 거다. 비정상인 감각 기능이라지만 이 정도까지 예민하게 반응을 한다는 건 뭔가 있다는 소리.

주위를 둘러보던 무영이 냄새가 강한 풀을 뜯어서 콧구멍에 쑤셔 넣었다.

'버텨보자.'

악취와 풀냄새가 뒤섞여 정신이 없었지만 그나마 감당할 정도는 되어서 무영이 인상을 팍팍 구기며 책에 시선을 던졌다.

얼마 뒤,

‘뭐, 뭐야, 이 보법?!’

책을 툭 떨어뜨린 무영이 공포감에 몸을 떨어야만 했다.

벽승악이 던져 준 보법은 보법이 아니었으니까.

이건 보법이 아니다. 이건 그저…….

‘살인자의 발걸음일 뿐!’

무학은 살상 수단이라기보다 고도의 정신 수양이므로 각 문파나 세가에서는 그들의 고유한 사상을 공수 양면에 심는다. 또한 보법은 공수의 출발점이니 무학을 만든 이들의 깨달음이 담긴다.

그런데 이 보법은 다르다.

풍취나 멋이 없다는 건 중요하지 않다. 모든 보법이 풍취와 멋을 지닌 것은 아니니까.

문제는 보법의 효용이다. 공격과 수비? 그런 건 통상적인 이야기일 뿐 이 보법이 펼쳐진다면 공수라는 개념은 사라지고 오로지 생사만이 결정될 뿐이니까.

상대가 됐든 시전자가 됐든 말이다.

“생사보(生死步), 그래, 이 보법은 생사보일 뿐이야.”

느낌은 썩 좋지 않았지만 생사보라 명명된 보법은 엄청났다. 아흔여덟 번째로 깨뜨린 화산의 매화십이보보다 예리했으며 아흔아홉 번째로 깨뜨린 소림의 금강부동신법보다도 육중했다.

한마디로 그가 견식한 보법 가운데서 최강이라 할 수 있었다.

"궤를 같이한다는 무학조차 이 정도인데 진짜라면……."

백 번째의 보법이 기다리고 있다. 그것만 깨뜨리면 자유라고 했다. 그런데 아류가 이렇다면 백 번째의 보법은 어느 정도란 말인가.

"골치 아프겠는데……."

떠올리는 것만으로도 악취 때문에 숨을 쉬기 힘들 지경인데 파훼를 하려면 일단 정교하게 재현해 내야 하니 여간 곤란한 문제가 아니다.

"어디……."

숨을 참고 발을 놀리던 무영이 우뚝 섰다.

뭔가 어색했으니까. 그의 움직임은 생과 사를 관장하는 발걸음[生死步]에 어울리지 않았으니까.

책에 적힌 구결을 그대로 따라 하는데 어째서 생사보를 그려내지 못하는 것일까?

"아니야, 그런 문제가 아니야."

고심하던 무영이 결론을 내렸다.

"마음가짐의 차이야."

생사보는 상대방의 생살여탈권을 거머쥔 절대자의 오만함을 기반으로 한다. 그렇기에 독심(毒心)을 품지 않는다면 생사보는 더 이상 생사보가 아닌 것이 된다.

"독심이라… 독심……. 어려운 문제다."

머리를 벅벅 긁던 무영이 넋두리처럼 말을 늘어놓으며 하늘가로 시선을 던지는데 멀리서 화광이 충전했다.

"불이 났나."

일어서서 불길의 진원지를 확인하던 무영이 펄쩍 뛰었다.

"소노! 세가에 불이 났나 봐요!"

"그게 무슨 말씀이십니까?"

초옥을 박차고 나온 소노가 무영의 손가락을 좇아 고개를 돌렸다.

"이럴… 수가……!"

"큰불인 것 같지요? 어서 진화해야 할 텐데……!"

불길을 바라보며 무영이 일상적인 걱정을 늘어놓자 소노가 딱딱한 음성으로 그를 불렀다.

"공자님."

"왜요?"

"아무리 봐도 저것은 그냥 불이 아닙니다."

"음?"

불에도 종류가 있나 하는 표정으로 무영이 눈을 끔뻑이자 소노가 전에 없이 묵직한 목소리로 답했다.

"단순한 화재라면 저렇게까지 불길이 치솟을 리 없습니다. 지금……."

숨을 들이켠 소노가 잘라 말했다.

“우리 벽씨세가는 공격받고 있습니다.”

“예?”

황당해진 무영이 어깨를 으쓱였다.

천하를 양분하는 칠가에서 두 번째 가문이 바로 벽씨세가다. 어떤 간 큰 종자들이 감히 벽씨세가를 침공한다는 건가?

“그건 말이 안 되는…….”

“무림에서 불가능한 일이란 없습니다.”

이때 멀리서 하나의 신형이 유성처럼 떨어져 내렸다.

“벽 누이?”

“오라버니, 무사하셨군요!”

“무사하다니? 정말로 세가에 무슨 일이라도 터진 거야?”

무영의 다급한 물음에 주먹을 바르르 떨던 벽산산이 빙글 몸을 돌려 무언가를 꺼냈다.

반짝!

달빛을 머금고 빛나는 영패, 그것은 벽씨세가의 가주령(家主令)이었다.

“풍운벽력대장은 명을 받드세요!”

“음?”

지금 이 자리에는 자신과 벽산산, 그리고 허리가 구부정한 노인이 전부다.

벽산산은 대체 누구를 부르는 걸까?

영문을 몰라 무영이 눈을 동그랗게 뜨는데 그의 옆에 서 있던 소노의 무릎이 천천히 굽혀졌다.

털썩!

"풍운벽력대장 노관극! 가주령을 뵈오!"

머엉—

"노… 관극?"

풍운벽력대장이 누군지는 모르지만 노관극이라면 벽씨세가에서 가주 형제를 제외한 최강의 무장 낙일천장의 이름이라는 건 무영도 잘 알고 있다.

문제는 낙일천장은 죽었다는 거다. 그것도 십팔 년 전에.

소노는 무슨 장난질을 벌이는 걸까?

또한 벽산산은?

"산산? 소노? 지금 뭐하는 거야?"

한 편의 희극과도 같은 상황에 무영이 어리둥절하여 벽산산과 소노를 번갈아 보는데 일군의 무리가 그들에게로 쇄도해 들어왔다.

"이런, 벌써 쫓아오다니!"

야무지게 이를 문 벽산산이 영패를 치켜들며 외쳤다.

"풍운벽력대장은 적을 막으세요! 이 자리에서 단 한 걸음도 내딛지 못하도록!"

"풍운벽력대장 노관극! 명을 받자옵니다!"

소노가 일어서며 대붕이 날개를 펼치듯 구부정하던 허리를 곧추세웠다.

우드득!

"뭐, 뭐야?"

굽었던 소노의 허리가 곧게 펴지자 곱사등이처럼 허리가 굽었던 노인은 더 이상 없었다. 두 눈에서 줄기줄기 신광을 뿌리는 팔 척 장신의 신장만이 존재할 뿐!

"오라!!"

몸을 돌리며 그가 소리치자 빗자루가 산산조각이 나며 안에 들어 있던 묵 빛의 창이 모습을 드러냈다.

"대, 대체 뭐지?"

이해할 수 없는 상황 전개에 무영이 혼란스러워하는데 노관극이 거대한 창을 들어 그에게 포권했다.

"풍운벽력대장 노관극! 공자를 모실 수 있어서 영광이었습니다!"

"소노?"

어쩐지 가슴 한구석이 뭉클해져 무영이 다가서려는데 노관극이 창을 허공에서 한 바퀴 돌려 그의 발목에 매어 있는 사슬을 내려쳤다.

챙—강!

끊어졌다.

이십 년간 그를 옥죄었던 벽씨세가의 허물은 참으로 허무하게 끊어졌다.

무척이나 기쁠 거라 생각했다. 쇠사슬이 끊어지는 날, 자신은 세상에서 가장 행복한 사람이 될 거라고 믿어 의심치 않았다.

그런데 허망하다. 기쁘기는커녕 불안하기까지 하다.

이 마음을 어떻게 받아들여야 할까?

"무영 공자님."

"예?"

무영이 답하자 세상에서 가장 자애로운 미소를 띠며 노관극이 물었다.

"소지삼보… 이 늙은이와 공자님이 공동으로 만든 작품이지요?"

"무, 물론이에요. 소노가 없었더라면 어찌 제가 소지삼보를 만들 생각을 했겠어요?"

무영의 대답에 노관극이 뿌듯한 얼굴로 고개를 끄덕였다.

"그것이면 충분합니다."

"소노……."

흔들리는 무영의 눈망울을 가만히 바라보던 노관극이 거칠게 몸을 돌리며 외쳤다.

"그럼 부디 보중하시길!"

"소… 노……?"

지금… 우는 거예요?

"아가씨!"

노관극의 부름에 벽산산이 고개를 끄덕이며 무영을 낚아채듯 잡았다.

"부탁해요."

그 한마디를 남겨두고 벽산산이 몸을 뽑아 올리자 그들이 떠나는 모습을 망연히 응시하던 노관극이 몰려드는 무리를 막아섰다.

"단 한 걸음도 갈 수 없다!!"

늙은 맹장의 포효는 십팔 년이라는 세월이 흘러도 여전했다.

휙— 휙—

바람을 가르며 맹렬히 질주하는 벽산산의 얼굴은 차갑게 굳어 있었다. 언제나 밝고 명랑하던 모습만을 봐왔기에 무영이 느끼는 위화감은 상상 이상이었다.

"벽 누이……."

작게 그녀를 불렀으나 벽산산은 아무런 대꾸 없이 질주할 뿐이었다.

'대체 무슨 일이 벌어지는 거야.'

차마 묻지 못하고 무영이 한숨을 내쉬는데 세가의 끝자락에 위치한 야산으로 치달은 그녀가 산중턱에 자리 잡은 동굴 앞에서 걸음을 멈췄다.

"여긴?"

"들어가세요."

"뭐?"

어이가 없어서 무영이 입을 열려는데 가방 하나를 먼저 던져 넣은 벽산산이 밀어 넣다시피 그를 동굴 안으로 들여보냈다.

"대체 왜 이러는 거야?"

양팔을 벌리는 무영을 외면하며 벽산산이 동굴의 입구에 솟아 있는 작은 바위를 건드렸다.

쿠르릉!

기관을 작동시킨 것일까? 거대한 바위가 둔중한 소리와 함께 동혈의 위쪽에서 내려오자 무영이 외쳤다.

"무슨 일이냐니까?!"

그리고,

"부디 강녕하시길……."

날아갈 듯 대례를 올리는 벽산산이 말을 맺었다.

"…오라버니."

오라버니.

언제나 들었던 호칭이다. 그런데 오늘따라 너무도 생경하

게 다가온다. 아니, 생경하다기보다 각별하다는 표현이 맞으
리라.

대체 왜?

가슴 한구석이 찡해지는 울림에 무영이 그녀를 부르려는
데 동혈은 바위에 완전히 가로막혔다.

동굴은 생각보다 넓었다. 넓은 정도가 아니라 거의 연무장
수준이었다.

막혀 버린 동혈을 멍하니 바라보던 무영이 고개를 저으며
주저앉았다.

"신세하고는……."

이십 년간 옥죄던 사슬이 끊어졌구나 싶었는데 이제는 동
굴에 갇혔다. 비록 묶여 있었다지만 벽씨세가의 후원은 그래
도 자연을 벗 삼을 수나 있었는데.

"이제는 외부와 완전히 차단됐다는 건가."

동굴에 기대자 등을 파고드는 한기에 인상을 찡그리던 무
영이 조금 전의 상황을 반추했다.

소노는 비질을 평생 업으로 삼은, 그런 평범한 노인이 아니
었다. 죽었다고 알려진 벽씨세가 제일의 무장이자 창 한 자루
로 강호를 종횡하던 낙일천장 노관극이었다.

그렇다면 노관극은 어째서 십팔 년간이나 신분을 숨기고
자신과 생활한 걸까?

벽산산의 굳은 표정은 또 무엇을 의미하는 걸까?

그리고,

"벽 누이는 마지막에 왜 그리도 애절했던 거지?"

머리가 터질 것만 같아 머리칼을 마구 헝클어뜨리던 무영이 그녀가 던져 놓은 가방에 눈길을 주었다.

이것저것 쑤셔 넣어서 배불뚝이가 되어버린 가방. 대체 무엇이 저렇게 많이 들어 있는 걸까?

"어디……."

가방을 풀자 옷가지며 책자들, 그리고 간식거리까지 잡다한 물품들이 쏟아져 나와 무영이 실소를 머금었다.

"뭐야, 이거? 동굴에서 한 오 년 정도 푹 썩으라는 건가?"

이렇게 꼼꼼한 짐 꾸러미라면 분명 여자의 손을 탔을 것이다. 아마도 벽산산이 꾸렸을 터.

그녀를 생각하자 다시 마음이 먹먹해진 무영이 한숨을 토했다. 세가에 변고가 생긴 모양인데 무슨 일이기에 말도 못하는 걸까?

툭—

우연처럼 가방에서 굴러 떨어진 봉서 하나.

"편지인가?"

본능적으로 손을 뻗던 무영이 봉서에서 전달되는 기이한 느낌에 동작을 멈췄다.

‘뭐지?’

손가락 끝을 파고드는 통각에 주춤 손을 뺀 무영이 봉서를 노려보았다.

독이라도 묻혀놓았기에 이런 느낌을 받은 걸까?

‘아니야.’

자신에게 위해한 어떤 것이었다면 아마도 냄새를 맡았을 터다. 코를 찌르는 악취를. 그런데 지금은 촉각이다. 바늘로 손끝을 쿡쿡 찔러대는 느낌이다.

꿀꺽―

침을 삼킨 그가 애써 봉서를 외면하려는데 손가락 끝을 자극하던 통각이 스멀스멀 기어올라 어깨를 타넘어 가슴께에 이르자 더는 참지 못하고 와락 손을 내밀었다.

사람들은 천하를 육문과 칠가가 관장한다고 생각하지만 이는 큰 착각이다.

육문은 말 그대로 구파일방 가운데 남은 여섯 개의 문파가 연합을 이룬 단체지만 칠가는 일곱 가문의 공동 조직이 아니라 제일가문인 천가에 예속된 나머지 가신을 달리 말하는 것에 불과하다.

즉, 칠가는 천가가 시작이요, 천가가 마지막이다.

처음부터 이런 관계는 아니었다. 천가가 존재하지도 않았던 시절, 우리 벽씨세가를 위시한 여섯 가문의 위상은 그저 한 지역을 대표하는 수준이었다.

백 년 전, 천하를 나락에 빠뜨린 전륜방이 등장했을 때 처음으로 우리 여섯 가문은 힘을 모아 그들에 대항했지만 그들은 말 그대로 막강했기에 당해낼 방법이 없었다.

구파일방도 물론 참전했지만 전륜방의 거대한 파고는 엄청난 것이라 천하를 받치던 열 개의 기둥 가운데 네 개를 무너뜨릴 정도로 대단했고, 남은 여섯 문파는 근근이 자리를 지키는 정도였다.

하루하루가 지옥이었다고 했다. 시신은 쌓여만 가고 무인들의 원성은 극에 달했지만 전륜방을 당할 재간이 없었기에 그저 한탄만 늘어놓을 뿐이었다.

그때였다, 천가가 등장한 것이.

어디서 솟아났는지 모를 정체불명의 무인들은 스스로 천씨세가의 소속이라고 하며 전륜방과 대치하는 일방, 우리 여섯 가문을 물심양면으로 도왔다.

천하는 천가를 칭송했으며 우리 여섯 가문도 그들을 찬양했다. 문외불출이라는 무학까지 아끼지 않고 전수하는 그들의 헌신적인 노력을 누가 의심했겠느냐?

자연스레 천가는 우리 여섯 가문의 맏형과도 같은 존재가 되었고, 강호에서 우리를 일곱 가문의 연합, 즉 칠가라 명명하게 되었다.

그렇게 칠가와 육문이 의기투합하여 전륜방을 몰아내던 날,

우리뿐 아니라 강호의 모든 이들이 내지른 환호성으로 중원은 떠들썩했다.

바야흐로 무림에 평화가 깃들었다고 믿었다.

하지만 진실은 달랐다. 육문과 더불어 무림을 양분한다는 칠가의 여섯 가문은 부지불식간에 천가에 예속되었던 것이다.

그들의 한 차원 높은 무학은 여섯 가문의 전통을 잠식했으며, 그들이 파견이라는 명목하에 보냈던 인원들은 여섯 가문의 중추 세력으로 탈바꿈했다.

칠가는… 천가의 소유인 것이다.

"이게 무슨……!"

그야말로 비사 가운데 비사. 칠가가 천가의 소유라니. 강호의 그 누구라도 믿기 힘든 이야기라서 거칠게 숨을 들이켠 무영이 다시 편지를 집었다.

아직 편지는 끝나지 않았으니까.

시작은 이십일 년 전의 밤이었다.

엇비슷한 시기에 회임을 했던 나의 부인과 제식은 같은 날에 산통을 느꼈기에 진악과 나는 뜬눈으로 밤을 지새워야만 했다.

그리고 탄생. 나의 부인은 다행히도 순산했지만 제식은 사산

을 하고 말았다. 희비가 엇갈리는 순간이었으나 진악은 슬픔을
감추고 나를 축하했다.

자신보다 나를 먼저 생각하는 진악의 마음 씀씀이가 너무나
고마워서 눈물이 앞을 가리는 순간, 문득 진악이 황당한 제안을
했다.

두 아이를 바꾸자는.

천가십약, 즉 여섯 가문의 장자는 열 살이 되는 해에 천가에
머물면서 행하는 수련. 말이 좋아 수련이지, 천가의 껍데기 무
학을 사사하는 순간 그들의 무학에 귀속되는 것이다.

이 과정을 거치면 천가의 무학을 거스를 수 없게 됨은 물론,
그 어떤 무학을 배우더라도 천가의 방식대로 해석하게 되어 종
국에는 천가의 굴레에서 벗어나지 못한다.

나 역시 마찬가지였다.

진악이 무엇 때문에 그런 제안을 했는지 곧바로 알았지만 자
식을 가슴에 묻고도 그런 희생을 감당한다기에 황망한 마음 금
할 길이 없었으나 일단은 받아들였다.

종속은 내 대까지로 충분했으니까.

그렇게 나의 아이는 사산되었다고 알려지고 진악은 튼튼한
사내아이를 얻은 것으로 강호에 소문이 났던 것이다.

나와 진악, 내 아내와 제식, 그리고 산파 둘만이 아는 비
밀.

편지를 움켜쥔 무영의 손이 미친 사람처럼 떨렸지만 그는 무엇에라도 홀린 눈으로 편지를 계속 읽어 내려갔다.

만약 십팔 년 전의 그날이 없었다면 우리는 그 정도에서 만족했을 것이다. 종속되지 않은 장자를 남기는 정도로.

천가의 껍데기뿐인 무학을 뒤적거리며 소일하던 내게 진악이 아이를 데리고 찾아왔다. 먼발치에서나 아들을 엿봐야 하는 나의 심정을 헤아린 것일 테지만 우연한 방문이 모든 걸 바꿔 버렸다.

아이는 예뻤다. 절로 눈물이 날 정도로.

하지만 감히 안지는 못하고 머리를 쓰다듬는데 아이가 천가의 무학서를 보더니 인상을 찌푸리며 말했다.

책에서 나쁜 냄새가 난다고.

물론 책에서 냄새가 풍길 리는 없으니 황당할 수밖에.

영문을 몰라서 진악과 내가 서로를 바라보는데 책을 펼친 아이가 이번에는 무서운 사람들이 솟아났다며 울음을 터뜨렸다.

무려 열 명이나 된다는데 우리 둘에게는 당최 보이지 않으니 답답할 뿐이었다. 신열이 있나 이마를 짚으려는데 아이가 그들의 위치를 지적했다.

그 자리는 천가의 십방혈우를 정확히 재현하는 방위였다.

이것만으로도 충분히 놀라운 일이었는데, 아이는 한 걸음 더

나아가 무서운 사람들을 지운다면서 바삐 돌아다녔다.

일각 후, 비록 껍데기라지만 천가의 기본 보법인 십방혈우는 고사리 같은 아이의 발걸음에 산산이 파훼되었다.

믿기지 않는 현실에 몸을 떨던 나와 진악이 아이를 붙들고 차근차근 물었다.

책에서 무슨 냄새가 나는 것이냐, 무서운 사람들은 어떻게 생기느냐, 그래서 그 사람들을 어떤 식으로 처리했느냐…….

돌아온 대답은 충격 그 자체였다. 아이는 전달받은 심상을 즉시 형상화시키는 능력과 더불어 일반인들과 다른 방식으로 감각을 인지한다는 결론에 이르렀으니까.

그저 무재(武才) 정도였으면 이토록 흥분하지 않았을 것이다. 아이는 천하에 그 누구도 가지지 못했던 복합적인 능력의 소유자였다.

잘만 자라준다면 강호를 위진시킬 무인이 될 테고, 어쩌면, 어쩌면 천가마저도 굴복시킬지 모른다고 생각하니 너무도 기뻤다.

이 아이라면, 이 아이라면 천가의 굴레에서 벗어나 보고자 그토록 노력하시다 끝내 이겨내지 못하고 정신을 놓으신 조부님의 바람을 이룰 수 있지 않을까?

평생을 술독에 빠져 사시다 절명하신 아버님의 원한을 풀어드리지 않을까?

두근거리는 가슴을 주체하지 못하고 몸을 떨던 나는 곧 좌절

감에 고개를 숙여야 했다.

천가의 눈을 피해서 가르칠 방법이 없었으니까.

아이를 본격적으로 지도하기 시작한다면 어쩔 도리 없이 사람들의 이목을 끌 테고, 세가의 정보는 천가 쪽으로 끊임없이 새어나가는 형편이라 자연 천가에서 아이의 존재를 눈치챌 것이다.

그렇게 된다면 아이는 꽃피우기도 전에 천가의 마수에 걸려들 수밖에 없다!

피로움에 몸을 떨던 나를 촉촉이 젖은 눈으로 바라보던 진악이 다시 한 번 제안했다.

그것은 악몽이었다.

단호하게 거부했지만 진악은 무릎을 꿇고서 눈물로 호소했다. 자신의 희생으로 우리 벽씨세가가 다시 웅비할 수만 있다면 천 번 만 번이라도 그리하겠다고.

나 역시 같지 않느냐고.

그래, 이번에도 결국 수락하고 말았다.

아이를 금지로 빼돌리기 위해 진악이 반역이라는 오명으로 희생하는 일방, 세가 제일무장인 낙일천장 노관극을 전사(戰死)로 처리하고 축골공으로 신체를 바꿔 아이의 호위를 맡기는 계획을.

손끝에서 시작된 떨림은 몸 전체로 전이되었지만 이를 느낄 사이도 없이 무영은 편지에 몰입했다.

　모질어야 했다. 지옥의 야차처럼 모질어야만 했다.

　재능은 갈고닦아야만 빛을 발한다는 걸 알기에 눈에 넣어도 아프지 않은 아이를 더욱 거세게 몰아붙였다. 또한 세가에 암약하는 천가 사람들이 의심하지 않도록 지독하게 아이를 대했다.

　잔인한 충격요법으로 아이를 다그쳤으며, 표독한 매로 위협을 가했다. 비밀호위로 붙였던 낙일천장과 말을 맞춰 천가의 이목을 따돌려야만 했다.

　그러기 위해서 손속과 행동은 날이 갈수록 매워져야만 했다.

　인간으로 할 짓이 아니었지만 비참하게 죽은 진악을 위해, 굴종의 세월을 보내는 가문을 위해, 그리고 아이를 위해 나는 괴물이 되어야만 했다.

　선택권조차 없이 내몰린 아이를 대하면 피눈물이 날 것만 같았지만 결코 울지 않았다.

　아이를 세 번 매질하면 채찍으로 내 몸을 서른 번 내려쳤고, 다섯 차례 발로 차면 철봉으로 내 다리를 오십 번, 백 번 때렸으나 고통조차 느끼지 못했다.

　괴물에게 고통은 사치일 뿐이니까.

　일체의 다른 무학은 가르치지 않았다. 오로지 무학의 근간인 보법만을 연구하도록 했고, 아이는 각파의 절기들을 차례차례 무너뜨리며 성장했다.

"후욱— 후욱—"
숨이 턱까지 차올라서 고통스러웠지만 무영은 편지에서 눈을 떼지 못했다. 아니, 뗄 수 없었다.

이 편지를 보고 있다면 필시 나는 죽었을 것이다.
네게만 짐을 안길 수는 없는 노릇. 나 역시도 건곤일척의 승부수를 띄운 상태다.
전술했다시피 우리 세가의 정보는 깨진 항아리의 물처럼 천가 쪽으로 흘러가는 상황. 첩자가 피라미들이라면 상관없지만 수뇌부 급이면 얘기가 달라진다.
그들은 세가의 일거수일투족을 손금 들여다보듯 알 테니까.
하여 수뇌부 가운데 두 사람을 시험했고, 이제 남은 하나, 삼 대에 걸쳐 우리 가문을 봉행했던 염세극을 떠본 상태고, 이 편지가 네게 전달됐다면 그가 천가의 눈이었다는 얘기다.
지금의 전력으로는 우리 가문이 그들을 감당한다는 건 무리. 또한 수뇌부가 썩은 가문이라면 없어지는 편이 낫다.
그리고 내게는 최후의 패가 있기에 어떤 결과가 나오더라도 두렵지 않다.
무림 전체를 발각 뒤집을 만한 나만의, 우리 세가의 궁신탄영이 있으니까.

벽무영이라는 이름의.

"허억!"

거칠게 숨을 몰아쉬며 편지를 바라보던 무영의 눈꺼풀이 사시나무 떨리듯 흔들렸다.

궁신탄영이란다. 자신이 벽승악의, 아니, 벽씨세가의 궁신탄영이었단다.

대체 이 편지는 어디까지 가려는 걸까?

이 동굴에는 오 년이고 십 년이고 버틸 수 있는 벽곡단이 준비되어 있으며 뒤편으로 돌아가면 맑은 샘물마저 흐르니 지내기에 큰 불편은 없을 것이다.

언제고 네가 동굴에 일정한 힘을 가한다면 동혈을 막은 바위는 저절로 올라가니 출동(出洞) 문제에 관해서는 크게 신경 쓰지 않아도 된다.

감정적으로 대응하지 마라. 순간적인 분기로 감당할 상대가 아니다. 천가는 매사를 계획적으로 처리하고, 행사 하나하나를 치밀하게 준비하며, 결정적으로 이 모든 행보를 가능케 할 힘을 소유하고 있다.

마음 같아서야 그들을 반드시 처단하라고 말하고는 싶지만 한편으로 그들을 상대하지 않아도 좋겠다는 생각이 드는구나.

깊은 산속으로 은거해서 무림과 상관없이 농사를 지으며 안
온한 삶을 누리는 네 모습을 떠올리면 절로 흐뭇해진단다. 물 좋
은 냇가에서 낚싯대를 드리우고 세월을 낚는 너를 그려보면 마
음 한구석에서 잔잔한 파문이 일기도 한다.

역시 난… 천생 아비인가 보다.

오도독—

얼마나 세게 입술을 물었는지 피가 번져 나왔지만 가슴을
찢어발기는 고통은 그보다 강했기에 무영은 숨을 헐떡일 뿐
이었다.

절대로 성급하게 행동하지 마라. 만반의 준비가 갖추어졌을
지라도 두 번 세 번을 더 돌아봐라. 그래도 미심쩍으면 움직이지
말고 때를 기다려라.

그들은 말 그대로 하늘이니까.

숭고한 죽음을 택한 네 숙부도 허망한 결과는 원치 않을 테니
내 말을 명심, 또 명심해야 할 것이다.

무엇이 진실이고 무엇이 거짓이란 말인가?

아버지라 여겼던 이가 숙부였고, 숙부라 알았던 사람이 아
버지라니.

이십여 년 동안 보고, 듣고, 받아들였던 모든 사실들이 한

꺼번에 무너지고 있다.

사상누각이란 이런 경우를 두고 하는 말일까?

무영아, 단 한 번도 제대로 안아보지 못했던 나의 아들아.

늘 야차처럼 다그치기만 했던 이 아비를 이해할 수 있겠나?

아니, 이해를 바라서는 안 되겠지. 어찌 내가 네게 자행했던 행위를 정당화할까?

괴물은 매일 한 가지의 꿈만 꾼단다.

보법의 정점 궁신탄영으로 몸을 날리는 너를!

떠올리는 것만으로도 가슴이 벅차오는 멋들어진 광경을!

그림자조차 보이지 않고[無影] 단숨에 적을 쓰러뜨리는 너의 움직임을!

…언제나 꿈꾼단다.

"커흐흑!"

가슴을 후벼 파는 고통과 단장의 슬픔이 한꺼번에 몰려와 무영이 주먹을 쥐었다.

뚝— 뚝—

손톱이 손바닥을 파고들어 피가 흘렀지만 그는 이를 악물고 편지의 종장을 읽어 내려갔다.

염치없지만, 자격도 없는 아비라지만 마지막으로 이 한마디만큼은 꼭 건네고 싶구나.

아들아, 사랑한다.

털썩.
무너지듯 앉은 무영이 편지를 집어 던지고 가랑이 사이로
머리를 묻었다.
"킥킥킥……."
어처구니가 없어서일까. 그가 흘리는 웃음은 거의 자조에
가까웠다.
편지 하나로 이 모든 걸 다 믿으라고?
"개소리야."
아들이란다. 자신이 벽씨세가의 장자란다.
"전부 다……."
아버지란다. 천가의 마수에서 자신을 보호하려 그랬단
다.
"전부 다 개소리야!!"
벌떡 일어서며 목청이 찢어지도록 외치는 무영의 눈시울
에 촉촉한 이슬이 맺혔다.
안다. 손끝으로 전해지는 풀빛의 따사로움이 아니더라도
이 편지에 적힌 내용이 모두 사실이라는 것쯤은 알 수 있
다.

그래서 속상하고 그래서 미치겠다.

"어쩌라고!! 이제 와서 나더러 어쩌라고!!"

제 가슴을 마구 두드리며 절규하던 무영이 눈을 감았다.

또옥—

소리없이 떨어지는 눈물. 그의 눈동자에 맺힌 감정의 습기들이 결국 하나의 구슬이 되어 떨어졌다.

이제야 벽산산이 그토록 살갑게 느껴졌던 이유를 알았다. 그녀의 마지막 부름이 그토록 깊은 울림으로 다가온 연유도.

이제야 자신의 이름에 담긴 진정한 뜻을 알았다.

그림자도 없이 살아가라는 뜻이 아니었다. 그림자조차 보이지 않고 적을 쓰러뜨리라는 말이었다. 죄인으로서의 낙인이 아니라 벽씨세가의 소망이 담긴 이름이었다는 거다.

"우우욱……."

주체할 수 없이 흐르는 눈물을 닦아내던 무영의 입이 조금씩 벌어졌다.

태어나서 단 한 번도 뱉어보지 못했던 단어 하나가 떠올라서.

매일매일 생각했지만 결코 토하지 못했던 단어 하나가 되살아나서.

떠올리는 것만으로도 가슴이 벅차오르는 말 하나.

"아, 아……."

……아버지.

“욱, 우욱…….”

고개를 떨어뜨리고 눈물짓던 무영이 고개를 치켜들었다.

“으아아아악!!”

울부짖으며 동혈에 돌진한 무영이 입구를 막은 바위를 마구 걷어찼다.

“열어! 열라고!”

하지만 바위는 요지부동, 꼼짝도 하지 않았다.

“어서, 어서! 열라고!!”

바위를 내려치는 두 주먹에서 눈가에 흐르는 피눈물만큼이나 짙은 피가 배어나왔지만 이를 의식하지 못하고 무영은 계속해서 거석을 두드렸다.

“아아악!! 열란 말이야!!”

무영의 처절한 비명은 밖으로 새어나가지 못하고 동굴 안을 맴돌 뿐이었다.

『궁신탄영』 2권에 계속…

독경
毒經
허담 新무협 판타지 소설

만 가지의 독 중 가장 무서운 독은
심독(心毒)이라……
심독을 다루는 자 천하를 얻게 되리라.

인연의 풍랑에 휘말려 바람 같은 삶이 소년 허소산 앞에 펼쳐진다!
은원의 고리를 끊고 대자유의 세계를 찾아 항해하는 그 모험의 끝은!

Book Publishing CHUNGEORAM
유행이 아닌 자유추구 -
WWW.chungeoram.com

十度化身
십변
화신

조종호 新무협 판타지 소설

유행이 아닌 자유추구 -
WWW.chungeoram.com
Book Publishing CHUNGEORAM

「철혈무정로」, 「천마겁엽전」의 작가 임준후!
그가 태산처럼 거대한 남자의 이야기로 돌아왔다!

"네가 좋아하는 방식대로 살 거라.
지금까지처럼 마음이 가고 몸이 가는 대로!"

스승이 남긴 말을 가슴에 새기고 중원으로 나온 강산하.
고향으로 향하는 귀로에 하나둘씩 인연이 모여들고
어느새 그의 걸음마다 무림의 판도가 바뀌기 시작한다.

태산처럼 굳세게
산들바람처럼 유유자적하게
흔들리지 않고 올곧게 자신의 길을 걸어간
괴협 철산대공 강산하의 가슴 묵직한 일대기!

용호객잔

龍虎客棧

설경구 新무협 판타지 소설

낙양 변두리에 위치한 허름한 용호객잔.
폐업 직전까지 몰렸던 용호객잔에 복덩이,
천유강이 저절로 굴러 들어왔다.
그런데… 이 객잔 좀 수상하다?

독문병기는 낡은 주판, 중원상왕을 꿈꾸는 객잔주인, 용사등.
독문병기는 마른 걸레, 끔찍이 못생긴 점소이, 용팔.
독문병기는 식칼, 긴 독수공방 끝에 요리와 혼인한 숙수, 장유걸.
독문병기는 이 빠진 도끼, 사연 많은 남장여인, 문우령.
독문병기는 얼굴, 기억을 잃어버린 절세미남 신입 점소이, 천유강.

"중원의 상왕이 되리라!"

현실감각이리고는 찾아보기 힘든
용사등의 허황된 선언이 천하를 혼란에 빠뜨린다.
바람 잘 날 없는 용호객잔의 평범한(?) 일상에
중원의 이목이 집중된다.

Book Publishing CHUNGEORAM

유행이 아닌 자유추구 -
WWW.chungeoram.com

守護武士
수호무사
각사 新무협 판타지 소설